首战告捷

薛忆沩 ◎ 著

华东师范大学出版社

目 录

自序 001

首战告捷 001
广州暴乱 021
历史中的一个转折点 042
一段被虚构掩盖的家史 060
老兵 094
铁匣子 101
死去的与活着的 107
永远无法战胜的敌人 117
那场永远不会结束的战争 121
上帝选中的摄影师 127
通往天堂的最后那一段路程 144

附录 186

自 序

　　个人与历史的冲突是我的文学着力探索的一个主题,而战争为我提供了进入这个主题的特殊通道。早在我二十四岁那年写下的《遗弃》第一版中,战争的位置就非常显著。小说中的第一次"遗弃"是主人公图林摆脱体制的禁锢,成了一名"自愿失业者"。这积极的"遗弃"马上就蒙上了战争的阴影:一个星期之后,图林接待了两位来自西南前线的士兵。他们是弟弟的战友。他们带来的关于弟弟的消息让图林嗅到了死亡的气息。最后,这部"关于生活的证词"果然以弟弟在前线的自杀结束,图林最初的嗅觉得到了"生活"最终的确认。毫无疑问,是弟弟对生命的"遗弃"将图林自己推进了"遗弃世界"的结局。

　　战争不仅是《遗弃》主人公面对的一种生存情境,也是他本人写作的一个主题。收集在这部小说集里的《老兵》和《铁匣子》就出自这位悲观的虚构人物。这两篇作品"以小制大",用极短的篇幅对战争和革命进行了深刻的反思。它们让厌战和反战的情绪从主人公的生活空间蔓延到了主人公的想象世界。这是"尚武"的中国文学中罕见的气象。

九十年代初,因为《一九八九年十二月三十一日》的发表,我不得不与文坛不辞而别,"遗弃"文学创作达五年之久。"重返"尽管是命中注定,其困难程度却远远超乎我自己的想象。当时引人注目的《天涯》杂志对我的支持在这"重返"的过程中起到了关键的作用。《老兵》、《历史中的一个转折点》和《首战告捷》相继在那里发表,不仅为我重新赢得了读者,也为我重新赢得了信心。而且,这一组发表还让"战争"系列小说变成了我个人文学地图中越来越清晰的版块。稍后,《一段被虚构掩盖的家史》和《广州暴乱》分别发表于《花城》和《收获》杂志。这两次发表拓宽了我的"战争"系列小说的影响,也标志着我艰苦的"重返"到上世纪末已经基本完成。

本世纪初,我的文学创作因为我自愿的背井离乡而再度中断,时间将近两年。我完全没有想到奇迹会再度降临到自己的身上:二〇〇三年春天,再度勃发的文学激情让我在地球的另一侧创作完成了《通往天堂的最后那一段路程》。这是我在异域的迷宫里创作的第一篇作品,也是我整个"战争"系列小说中最有影响的作品。它最初刊登于非文学类的《书城》杂志上,后来通过《小说选刊》以及《文学中国》等渠道进入了文学的视野。二〇〇九年,在花城出版社推出的"中篇小说金库"中,这篇作品因为与《阿Q正传》等十一种经典并列于金库的第一辑而引起了更多读者的好奇。

从二〇一〇年春天开始,我的创作进入了一条奇特的弯道:我开始重写自己的旧作。这"愚公移山"般的过程始于对有口皆碑的短篇小说《出租车司机》的重写,途径用汉语重写最初是用英语完成的长篇小说《白求恩的孩子们》,最后以对充满传奇色彩的长篇小说《遗弃》的重写而达到高潮。

二〇一二年夏天以来,我的作品出乎意料地创造了一系列的出版"神话"(包括《白求恩的孩子们》在台湾的"闪电式"刊发以及重写的《遗弃》在深圳读书月"年度十大好书"遴选过程中的"戏剧性"入选)。这些"神话"让我重写的欲望变得更加强悍。它最后竟贪婪地盯上了包括《通往天堂的最后那一段路程》在内的"战争"系列小说和完成于一九八九年春节前夕,已经"出名"却仍然没有"出版"的长篇小说《一个影子的告别》。

我为这贪婪付出了五十二天的时间。从圣诞节第二天的晚上开始一直到农历蛇年初六的中午,我每天写作十一个小时以上,睡眠五个小时以下,在蒙特利尔的蜗居里完成了这最后一轮不可思议的重写。

　　已经持续了三年的重写让我发现了汉语和写作的许多奥秘。我知道,这"奇特的弯道"是我坎坷的文学探索过程中的必经之路。抵达这必经之路的尽头,我的眼睛已经花了,我的头发已经白了……当然,我个人的文学地图也变得非常清晰了:这份地图上凸显着三部长篇小说、五部小说集以及三部随笔集。它们是我卑微的生命对汉语和写作最真挚的感激。

　　当然,这只是一张"现在"的地图,或者说是一张"过去"的地图。当我的读者们翻开这部小说集的时候,我肯定又已经在语言和想象的带领下重新出发了。我将去寻找文学的祖国更遥远的边界。我希望自己"未来"的文学地图能够呈现更加辽阔的疆域。

薛忆沩

二〇一三年二月二十二日于加拿大蒙特利尔

首战告捷

Nothing can seem foul to those that win.

Henry IV(Part I), V, i

Shakespeare

"终于到家了!"将军兴奋地说着,指示我将吉普车转入一条更窄的土路。

跟随将军已经整整七年了,我第一次看见将军如此地兴奋。七年的朝夕相处让我对将军的经历和性格都已经有了较为全面的了解。将军的许多经历都是他亲口讲给我听的:比如他六岁那一年夏天差一点被淹没了整个村庄的洪水卷走;又比如在川北的一场恶战中,他只身突出了重围,而他的部下却全部牺牲在包围圈中。将军还跟我谈起过他的母亲。那是一个才貌双全的女人。她出身于一个源远流长的绅士家庭。她的祖父是全国著名的诗人。她的父亲留下了一部《庄子》的注释。那部注释对《外篇》的独特见解导致了一个庄子研究新学派的诞生。将军对他的母亲充满了美好的回忆。他有一次甚至说,如果他的母亲仍然活着,他大概就不会远离平静舒适的生活投身到革命的洪流之中。将军的母亲在将军十五岁那一年的冬天突然死去。将军说,她的死没有任何预兆。那是一个非常正常的夜晚。将军的母亲像平时一样准点上床睡觉。可是第二天清早,她没有像平时一样准点轻咳两声之后在床上坐起来。大家围拢到她床边的时候,她的身体已经完全没有体温了。将军说,母亲的突然离去使他第一次对生命产生了怀疑。这种怀疑将一种前所未有的恐惧带进了将军的身体。他还记得在母亲下葬的那一刻,他恐惧得连哭都哭不出来。

可是,在我们最后的那一场战役结束之前,将军从来没有跟我谈起过他的父亲。我觉得这相当奇怪,却一直没有勇气去探问他沉默的原因。我有时候想,也许这仅仅就是因为他不爱他的父亲吧,就像我一样。我不仅仅不爱我的父亲,我甚至非常讨厌他。可是,讨厌反而使我更容易谈论起他。我的谈论是我表达我对他的轻蔑的方式,是我发泄我对他的不满的方式;我有时候又想,将军之所以没有跟我谈起过他的父亲也许是因为他太爱他了吧。我见到过不少这样的人,他们将极度的爱当成最深层和最脆弱的隐私,不愿意它遭受理解或者误解的侵犯。

一直到最后那一场战役结束之后,将军才第一次跟我谈起了他的父亲。那一天傍晚,我们走进了决战战场的中央。将军在一具敌人的尸体旁边停下来。那是一具年轻的下级军官的尸体。将军蹲下去,用左手将年轻军官侧向一旁的头扶正。那张应该是非常英俊的脸上布满了血垢。正好位于眉心的弹孔让我感觉极为恶心。"这是一个永远失去了父亲的儿子。"将军低声说。说着,他抬起头来看了我一眼,好像是在等待着我的认同。我不知道应该怎样反应。我讨厌我的父亲。我早就"永远失去了"我的父亲。那种失去让我感觉轻松和自由。将军用手揩去尸体眼角上的血迹。他表情沉重地站了起来。我觉得有点奇怪。我们已经经历过那么多的战役了,死亡早已经不再能够博得我们的同情。我不知道将军的表情为什么会突然变得沉重,变得伤感……就在这时候,将军第一次跟我谈起了他的父亲。他说:"一场漫长的革命就这样结束了。"他的口气好像充满了疑惑。我们都知道,在新选定的首都,一场举世瞩目的庆典正在紧张的准备之中。我们这个古老国家的崭新时代(我们已经不说是"朝代")即将开始。"不知道以后的生活会是什么样子。"将军继续说。他好像是在自言自语。他的声音充满了疑惑。这是我从来没有在将军的声音里听到过的疑惑。我望着大步往前走去的将军,不知道应该怎样接应他的话题。这时候,将军突然回过头来,用一种夹带着童贞的目光看着我。"在北平安顿下来以后,我就回老家去接我的父亲。"他说。然后,他继续大步往前走去。"这是我在革命成功之后要做的第一件事情。"他接着大声说,"这是我自己的胜利。"他夹带着童贞的声音回荡在仍然飘散着硝烟的决战战场上。

现在,我们的吉普车离将军的家已经很近了。从喜气洋洋的首都出来,一路上,我们尽可能不去惊动地方上的官员。将军说,他很害怕他的行动被人当成是带有封建色彩的"衣锦还乡"。这种理解会玷污他的身份、他的境界和他的情感。将军穿着最普通的便装。在沿途的三个大城市里,他只拜访过他那几位奉命南下的挚友。一路上,他不断地回忆和讲叙他的父亲。他对他父亲将在北方开始的新生活也充满了憧憬。将军已经决定将他位于东单附近的寓所里最好的房间留给他的父亲。那寓所的前一任主人是将军的敌人阵容中间一位名声显赫的将军。那位将军的名声主要不是来自他的战绩,而是来自他的书画水平。在起义的前一天,那位将军和他的家人被起义的领导者"放生",匆匆飞往了南京。他将自己的许多作品都遗留在了自己充满文化气息的故居里。其中最著名的那一幅就挂在将军准备留给他父亲的房间里。将军第一次走进那房间的时候,就觉得那幅名画不像是匆忙之中遗忘的物品,而像是前一任主人有意留给新主人的礼物。将军心领神会地决定让那幅技艺精湛的国画仍然挂在原处,而且决定将那房间留给他的父亲。那是一幅象征长寿的国画,将军觉得那就是对他的父亲最好的祝福。尽管将军知道,说服自己的父亲离开祖居之地绝不是一件容易的事情,但是他对这最后的胜利充满了信心。将军一路上说过好几次:他说,说服他父亲来北方居住才是他要面对的最后一仗。他说他一定要赢得这最后一次战役的胜利。否则,对他来说,革命就还没有成功。

一路上,将军不断回忆和讲叙他的父亲。将军说他的父亲是一个身材十分高大而心理却极为脆弱的人。他心理脆弱的重要表现是他对"亲密"近乎疯狂的依赖。他拥有闻名遐迩的财富,可是物质上的富足一点也不能冲淡他对"亲密"的依赖。他的生活是靠他的脆弱来维持的。将军母亲的突然死去对将军的父亲是一个沉重的打击。他有一次对家里最老的长工说,他的世界因为那突然的变故已经崩塌掉一大半了。将军说他的父亲从此变得郁郁寡欢。他唯一的安慰来自对孩子们的溺爱。除了将军以外,他还有一男一女两个更小的孩子。

在随后的三年里,将军的父亲每年都迎进一个新的女人。他需要那些女人来抚养自己的孩子和补偿他因为突然的变故而失去的生活。但是,他却千方百计拒绝与那些女人怀上孩子。他说他不需要"另外的女人"为他生下孩子。在他看来,那三个女人都是"另外的女人",都是与他依赖的亲情无关的女人。他在那三个女人面前建立起了一种不可思议的权威。正是那种权威使他结构复杂的家庭保持着表面的平静。将军说,这表面的平静令他的父亲陶醉,能够令他将自己的脆弱更深地隐藏起来。他甚至能够很得体地在突然变得复杂的政治局势里周旋。有一段时间,土匪、政府军和红军都将他当成朋友。这三种势力就像他后来迎进的那三个女人一样,他对他们都毫无感情,却能够应付得易如反掌。

但是,脆弱是他的本性。将军说,他的父亲也许能够将脆弱掩盖起来,却不可能将它根除。将军经常看见他的父亲在自己的房间里流泪。比如每次要迎进新女人的前夜,他都会躲在自己的房间里流泪。每次来征粮的军人(不管是土匪、政府军或者红军)走后,他也都会躲在自己的房间里流泪。他好像对任何的变故都极度地不安。将军知道,他父亲内在的平静其实已经被生活和时局中的变故打破了,但是,他却不知道要怎么去劝解他。将军说，每当父亲悄悄流泪的时候，他都感到极度地绝望。他有时候会想到要离开他，离开那种富足却没有幸福感的生活。将军还来不及将这激烈的想法付诸实施，他的父亲就将他更深地推进了正常的生活。他为他选定了一个女人。将军在他们结婚的那天晚上才第一次看见那个女人。她的脸比他想象的要"成熟"得多。将军马上就从这"成熟"之中辨认出了父亲的意图：父亲是在根据自己的心理需要来安排儿子的婚事。他希望将将军安排进可以深深依赖的亲密关系。但是，将军已经从父亲痛失母亲的教训中学会了不去依赖。他小心翼翼地控制着自己的意识和神经，不让自己对那个值得依赖的女人产生亲密的感觉。然而，一场事故改变了将军有条不紊的心态。结婚一年之后，他的女人在分娩过程中死去。那场事故留给将军的是让他感觉陌生的婴儿以及他从来没有感觉过的极度孤独。尽管婴儿分散了他不少的注意力，将军每天还是需要用大量的时间与极度的孤独周旋。半年之后，当他的父亲又想给他安排一个新的女人的时候，将军断然拒绝。他冷冷地说："看看你自己那三个女人……你不可能喜欢她们，你的心情不可能因为她们而有任何的改善。"

将军不想重复他父亲的做法。他开始对平庸和富足的生活产生了激进的怀疑。他发现生活的平庸与他们的富足(尤其是他们拥有的土地)有很深的联系,也与他们对"家"的需要有很深的联系。他发现对"家"的需要并不是人本身的需要。两年之后,将军的儿子被一个伶牙俐齿的庸医误诊致死。能够缓解孤独感的童音终于从那座好像风平浪静的豪宅中消失了……这对将军的打击似乎并不及对将军父亲的打击。在孩子下葬的那天,将军的父亲有点绝望地对将军说:"自从你母亲死去之后,这所房子里就充满了阴气。"将军用沉默来表示对父亲的同情。"我不想再做什么安排了。"他的父亲接着说。将军没有他父亲那么泄气。他对平庸的生活已经产生了激进的怀疑。他总觉得生活不应该是他现在生活着的这种样子。他觉得生活应该是生活之外的另一种样子。

就在那天深夜,一个穿着中国绅士服装的西方人敲响了将军家的大门。将军说,他的父亲认为这又是一件充满"阴气"的离奇事情,因为他们从来就没有见到过传说中的西方人,更因为那个人面色苍白,身体显然已经支撑不住。他能够讲一口流利的汉语。他说他是意大利人,是遣使会的会士。他说他要到一百多里以外的那座小镇去接管那座屡遭冲击的教堂。但是,旅途中几次与暴民的冲突已经令他疲惫不堪了。他请求将军的父亲让他在家里借住两天,稍事休整。将军的父亲犹豫了一下之后,答应了他的请求。他让将军将疲惫不堪的意大利人搀进门来,并且充满警惕地款待了他。

将军和他的父亲在随后的几天里几乎与那个意大利人形影不离。他们听说他来自一座浮在水上的城市,觉得非常神奇。他们向他打听他家乡的风俗,也向他打听关于上帝的一些情况。将军的父亲很快就放松了警惕。他甚至没有特别在意将军对那个意大利人超乎寻常的兴趣。有一次,将军问那个意大利人远离自己的家乡会不会感到恐惧。那个意大利人坚定地说不会。将军又问:"难道你不害怕身死异乡吗?如果你死在这里……你的父亲会怎么想?"那个意大利人不假思索地说:"死在哪里其实都是一样的。我们的灵魂最终要上天堂,要与天父同在。"这干脆的回答令将军豁然开朗。在那个意大利人离开的那一天,将军又问他,为什么要远离自己的家乡和父亲到他们这个战火纷飞的地方来受苦。遣使会会士的回答同样不假思索。"为了取悦天父。"他说。这回答让将军仿佛看到了一束来自天国的灵光,仿佛看到了生命的希望。他的内心中第一次荡起了他后来知道应该称为是"理想"的那种激情。那个意大利人继续将他的注意力带离平庸的生活:在村口的那棵大樟树下准备分手的时候,他用极为庄重的语气对将军说:"其实,天堂才是我们最终的家乡,天父才是我们真正的父亲。"

几天之后,将军的父亲收到了那个遣使会会士写来的一封长信。信中谈及他在那座小镇里整修教堂和发展教务的情况。将军的父亲从信的措词中猜测出他在那里的生活不太顺利,决定派将军去那里一趟,给传教士送去一点日用品和一些零花钱。将军带着家里最年轻的长工出发了。他们在接近小城的时候,发现有不少人正朝他们相反的方向奔逃。那是从小镇里涌出来的人群。他们情绪激动地告诉将军,红军马上就要攻打那座小镇了,大部分的居民都已经逃离。将军当然不敢贸然前行。他决定在小镇边的山林里躲避几天。山坡上有厚密的树丛,适合藏匿,而山的高度又足够他们俯瞰全城。

第二天深夜,红军果然开始攻城了。枪声、炮声、喊叫声混杂在浓浓的夜色之中。将军一点也不恐惧。相反,他非常兴奋,他好像比在与那个意大利人的交谈中更看到了生活的希望。战斗一直持续到第三天傍晚。红军曾经一度攻进了小镇,他们在镇公所前的土坪上举行了一场庆功会,并且当众枪毙了几个被五花大绑的俘虏。但是,溃败的政府军在离小镇不远的地方又重新集结了起来。还有一支装备整齐的增援部队也及时赶到了。红军在小镇里没有呆上很长的时间,就又被政府军赶了出来。他们从西边和南边两个不同的方向朝山林里逃去。将军目睹着那激动人心的战斗场面,他完全彻底地看到了生活的希望。他开始对革命产生了激烈的向往。

将军在天黑以后下山,随着逃亡的人群朝小镇里走去。他们在城门口受到了极其严格的检查。遣使会会士写给他们的信给将军带来了方便。将军很快找到了令他豁然开朗的意大利人,但是他费了很大的劲才说服他收下了父亲送给他的财物。接下来,将军和遣使会会士又深谈了一个晚上。他们自然谈到了刚刚过去的那场战斗。遣使会会士义正词严地说,上帝是蔑视暴力的。将军不想反驳他。他沉浸在一整天惊心动魄的见证之中。他已经觉得,只有暴力才能够创造生活的意义。他非常兴奋。当然,将军并没有暴露出自己这种兴奋的感觉。他不想与那个遣使会会士发生争论,更不想被他取笑。他只是说自己也希望像他一样远离家乡和亲人去从事一项伟大的事业。遣使会会士误解了他的意思。他问他是不是想加入他所在的教会。将军摇了摇头。他说他希望从事更加伟大的事业。遣使会会士迷惑不解地看着他。"还有什么比上帝的事业更伟大的事业呢?"他问。

谈话结束的时候,天已经发亮。将军匆匆与令他豁然开朗的意大利传教士告别。他本来想直接就朝山林的深处走去,去寻找和加入那些溃散的红军。但是,他还是有点放心不下在等着他回家的父亲。如果他不辞而别,将军想,父亲整个的世界就将彻底崩塌。将军带着这种担心往家里走。他觉得那是他走过的最艰难的一条回家的路。他一边走一边憧憬着自己的未来。他看到了生活的希望。他走过那棵老樟树之后,加快了脚步。他直接快步走进了父亲的睡房。他用非常肯定的口气对正准备就寝的父亲说他要去参加红军。"你?"父亲吃惊地盯着自己的儿子说,"你疯了吗? 你有这么富足的生活。你什么都有。"

"不对,"将军说,"我没有最重要的东西。"

"什么是最重要的东西?"他的父亲不满地说。

"意义,"将军说,"我的生活没有意义。"

将军的父亲完全不能理解他的这句话。他愤怒地躺倒到床上。"绝对不行!"他用绝对权威的口气说,"你属于这个家。这个家属于你。你绝对不可以离开,更不要说去参加红军。"

父亲的愤怒暂时遏止了将军的行动。但是,将军知道,从这一天起,他就已经不再属于这个家了。这个家也不再属于他了。

又过了几个月,政府军开始大规模集结,然后兵分三路,准备在冬季到来之前将红军彻底剿灭。红军在几次关键性战役中的失利使他们的处境变得十分艰难。最后,他们不得不放弃自己经营了多年的根据地,准备向西部偏远地区撤退。那一天,一支撤退中的红军部队在离将军家不远的那一片巨大的竹林里休整。将军的父亲为他们送去了一些粮食和衣服。"你们这是准备走到什么地方去啊?"将军的父亲问那位身材矮小的指挥官,"你们的目的地在哪里啊?"

"我也不知道。"那位指挥官微笑着说,"不过,我知道我们一定会走向胜利。"

将军的父亲当天吃晚饭之前就发现将军不在了。他立刻就意识到了问题的性质。他匆匆安顿了一下家事,只身朝红军队伍撤退的方向追去。在五十多里外的一个山坳里,他终于追上了他们。将军果然就在队伍之中,并且已经背上了一支枪。将军的父亲破口大骂,责令将军马上跟他回家。但是将军的态度非常坚定,他说他这次绝不会妥协。他说他一定要参加革命。将军的坚定让将军的父亲马上改变了态度。他改为苦苦地哀求。他哀求自己溺爱的儿子跟自己一起回家。将军仍然非常坚定,他说他一定要参加革命。他甚至说革命的队伍才是他真正的家。将军的父亲没有因此而放弃。他跟着漫无目的的部队走着,走了一个多月。他每天都苦苦地哀求将军跟他一起回去,回到平静而又富足的生活中去,回到"什么都有"的家里去。他的每天都以泪流满面开始,又都以泪流满面结束。那位身材矮小的指挥官早就被他的执著打动了。他多次跟着将军的父亲一起劝说将军。他说革命不是请客吃饭,他说革命充满了艰难险阻,他甚至说革命有时候很荒诞,有时候会违背革命者的初衷。他多次与将军的父亲一起劝说将军,劝他跟着父亲回家。"多你一个人和少你一个人其实对革命事业并不会有什么影响。"指挥官最后有点不耐烦地说。将军也用同样不大耐烦的口气回应了指挥官的这种说法。他说他参加革命并不是为了革命事业。"我是为了我自己。"他说,"我参加革命就是为了我自己。"

一个多月来的革命生活使将军的态度变得更加坚定了。他其实已经开始相信自己是为了革命而不是为了自己才参加革命的了。这时候,他所在的部队经过一段漫无目的的行军已经进到了一个新的省份。他们在这个省份的省会打了一场将会被后来的历史学家们反复谈论和考证的恶战。那场恶战使将军变成了一个彻底的革命者。他在战斗中表现出来的英勇令他的指挥官也极为欣赏。他从此不再附和将军的父亲,劝将军回家了。他意识到革命就是将军的天命。那一场恶战之后,将军也对他的父亲彻底失去了耐心。他的劝说会让他想起他脆弱的本性和脆弱的举动,他甚至厌恶起他的父亲来了。他对他的尾随和眼泪都已经忍无可忍了。他每天从早到晚都对他大发雷霆。

将军的父亲终于也意识到事情已经无法改变了。他对已经不站在他这一边的指挥官极为不满。"我总算知道了什么是革命。"他说,"革命就是让儿子不当儿子了。革命就是大逆不道。革命就是惨无人道。"那位身材矮小的指挥官一点也没有生气。他微笑着说:"革命恰好是最人道的。它尊重个人的选择。你看,你的儿子既然选择了革命。革命就热情地欢迎他的选择。"

在部队继续朝西南方向转移之前,将军的父亲与将军在离那场恶战的主战场不远的江边告别。父亲伤心地对儿子说:"自从你母亲死去之后,我们一家的生活就变得非常奇怪了。"将军对往事已经没有兴趣,他只愿意憧憬未来。他交代父亲在回家的路上要多加小心,不要随便与陌生人交谈,要尽量避开小路,并且绝对不要走夜路等等。他甚至还有一丝丝的负疚感,几乎有点想请求父亲的原谅,原谅他的"大逆不道"……不过,他最后还是克服了那一阵儿女情长,没有做出请求原谅的任何表示。父亲泪流满面地走了。将军一直目送着他的背影,直到它在仍然飘散着血腥味的黄昏之中完全消失。

在父亲从他的视野中完全消失之后,将军对他的指挥官说:"这才是我的第一次战役。"他终于离开了平静和富足的生活投身到革命的队伍里来了。他将自己与父亲的较量当成是他有生以来的第一次战役。

"那你这可以说是首战告捷,呵呵。"他的指挥官大笑着说。

将军豪情满怀地点了点头。尽管在省会的那一场恶战中,他们的部队遭到了重创,将军此时此刻却对革命充满了绝对的信心,因为他赢得了自己人生第一次战役的胜利。将军满怀豪情地点了点头。首战告捷令他对革命事业的未来满怀无限的憧憬。

一路上,将军都在跟我讲叙自己十七年前的那一段生活经历。他说他在战争的后期经常会有一种极度疲劳的感觉,也会对死亡有奇怪的恐惧。那时候,他会非常想念他的父亲。他决定在革命胜利之后一定要将父亲接到自己的身边来住。这个决定成了他憧憬胜利的一个重要原因。现在,我们的吉普已经在村口的那棵大樟树下停住了。那是我已经想象过无数次的大樟树,一位老妇人正坐在大樟树底下打盹。将军一眼就认出她来了。他天真地笑着对我低声说,那就是他父亲最信任的女工,他和他的弟妹们的接生婆。他示意我不要惊醒她。他说他的家马上就要到了。我兴奋地跟在将军的身后。可是,我注意到将军好像越来越没有把握了。他几次停下来,充满犹豫地四处张望。村庄的风景显然已经让将军感觉陌生了。我们走了一段弯路才终于绕到了将军记忆中的"家"的位置……可是,那里并没有他向我描述过的豪宅。那里只有一片废墟。面对满眼的断壁残垣,将军居然苦笑了起来。"怎么回事?"他苦笑着问我,好像是满不在乎的样子。我觉得他已经有了不祥的感觉。我觉得他是在故意掩盖自己的恐惧。

我建议我们还是去惊醒那位将他接生到世界上来的女工。我们朝村口走去。我注意到将军这时候的表情已经非常地紧张。他不停地回头,又不停地摇头。他的步子有点乱。他的目光有点乱。

大樟树下的老妇人这时候已经醒过来了。她正眯着眼睛打量着我们。将军很激动地加快了脚步。可是突然,他又放慢了脚步。老妇人的脸上有历史,却没有表情。她显然已经认不出她亲手接生到世界上来的大少爷了。

将军走近老妇人,向她打听他们家的情况。他没有说他自己的家,而是说全村最富的"那一家人"。我知道他不想暴露自己的身份。他已经有了不祥的感觉。那种感觉让他不想暴露自己的身份。

"他们家早已经没有人了。"老妇人说。

将军的脸色突然变得更加紧张了。"怎么会这样?"他急切地问,"他们家不是有很多人的吗?"

"没有人了……"老妇人说,"在那惨案之后,他们家就没有人了。"

"什么惨案?"将军问。

老妇人看了一眼身边的大樟树。"那一年,一支来历不明的军队洗劫了他们家。他们抢走了小姐和老爷的三个女人,又将重病的少爷和想带着他逃走的长工砍死在这棵树下。"她说,"最后,他们还放火烧毁了他们家巨大的宅院。"

这意想不到的惨案让将军的脸色变得煞白。"老爷呢?"他更为急切地问,"你怎么没有提到老爷?"

老妇人用不屑的目光看了将军一眼。"老爷?"她冷冷地问,"你也知道他们家有老爷?"

"老爷也死在惨案之中了吗?"将军急切地问。

"他要在就好了,"老妇人说,"他要在可能就不会发生那样的惨案了。"

"他当时不在吗?"将军急切地问。

"他早就不在了,早在那惨案之前好几年就不在了。"老妇人说。

"他去哪里了?"将军急切地问。

"说出来你都不会相信。"老妇人说,"他跟着他们家发疯的大少爷一起走了。"

"发疯的大少爷?"将军迷惑不解地问。

"大少爷疯了,突然要去参加红军。"老妇人说。"……""老爷就跟他一起走了,"老妇人接着说,"参加红军去了。"

我担心将军会支持不住,轻轻用手扶住了他的身体。

"这不可能。"将军低声说。

"我是他们家的女工,我还不知道吗?!"老妇人说,"他跟着大少爷走了,再也没有回来过了。"

"这怎么可能?!"将军气急败坏地说。

"可怜了留在家里的那三个女人和两个孩子。"老妇人说。

"这不可能。"将军仍然是气急败坏地说。

老妇人没有理睬情绪激动的将军。她又闭上了眼睛,并且立刻就好像又睡熟了一样。

将军茫然地转过身去,茫然地朝我们的吉普车走去。我赶在他的前面替他打开车门。将军茫然地坐了进去。

"我们回去吗?"我在准备发动汽车的时候小心翼翼地问。

将军茫然地坐在那里,好像没有听到我的问题。

"我们回去吗?"我又小心翼翼地重复了一遍我的问题。

将军还是茫然又僵硬地坐着,好像还是没有听到我的问题。

"我们回去吧。"我小心翼翼地说。

"回哪里去?"将军茫然地问,"回哪里去?"

广州暴乱

> 一切真的历史都是当代史。
>
> ——克罗齐

现在,我已经非常虚弱了。我知道我的生命很快就会走到尽头。我要用这最后的一点时间写下我的忏悔。这将是我一生当中与语言发生的最后也是最重要的关系。语言如同妓女。我一生当中不断进入它,并且不断从这种进入中得到快感,得到满足。可是从这最后的一次进入,我可能什么都得不到。我很清楚这一点。我不需要什么,我甚至连被原谅和被宽恕都不需要……但是我需要忏悔。深深的忏悔是我最后的义务,也是我最后的需要,我需要它来帮助我克服孤独引发的恐惧。现在,我十分孤独,因为我昨天刚刚埋葬了跟随过我将近三十年的仆人。在最近这十年之中,这个仆人不仅是我唯一的交谈对象,也是我唯一面对过的同类。在最近这十年之中,我每天都给他编一个故事,他也会很快就回敬我一个故事。这是我们的游戏(或者我们的竞技?)。每天临睡的时候,我们会根据故事的好坏决定我们这一天的输赢。在最近这十年之中,我们就靠着这显示想象力的游戏来克服与世隔绝的无聊和寂寞……现在,我的伙伴(或者对手)已经离去。在这阴冷空旷的死屋里,我第一次感受到了如此揪心的孤独。这揪心的孤独让我又听到了时间的声音。啊,时间! 令我蒙羞的时间,令我厌倦的时间,令我恐惧的时间……我知道,时间之所以仍然绝望地揪扰着我的感觉是因为我还没有忏悔,还需要忏悔。我需要为我所经历过那一段我不愿意经历的历史而深深地忏悔。

其实,对于大多数人来说,那个曾经活着的"我"——那个盛名远扬的两广总督——早在十年前就已经死去了。他的仆人也从此下落不明。极少数知道我还活着的人为我安排了一个虚张声势的葬礼。葬礼之后,我的灵柩被运往我在北方的老家。那是一个天色阴暗的正午。我看着自己的灵柩从我的眼前缓缓经过。我为死亡的荒诞流下了绝望的眼泪。我的仆人站在我的身边,他同样也流下了眼泪。但是,他想到的是什么? 也许他想到了自己不能够"名正言顺"地为自己主人送行的荒诞,也许他想到了自己不再能够"名正言顺"地死去的荒诞。他一定想不到我们随后十年的生活会那么需要想象的营养,更不会想到十年之后,是我——他十年前就已经死去的主人——亲自埋葬了他。最近这十年之中,尽管我的仆人仍然周到地照料着我的生活,我们的关系却已经超出了主仆的世俗限度。我们一起发明了那使我们能够克服无聊和寂寞的游戏。在那游戏之中,我们既是相依为命的伴侣,又是势均力敌的对手。

葬礼之后,经过那极少数人的精心安排,我们在粤北(离广州大约两天路程)的一座偏僻小山村里安顿下来。那些知道我还活着的人为我们准备好了一座简陋的住房。最初的几个月,他们还不时送来一些食品和一些消息。我知道,传教士们又被允许在广州自由活动了。他们还要求新上任的总督立即调查整个事件的经过,迅速向传教团公布调查的结果并且严惩肇事者和责任人。新上任的总督自然将一切都归咎于我和我的副手。因为我们都已经死去,传教士们的要求不可能得到充分的满足。这位新总督有远比我高超的政治手腕,他拨巨款重新安葬了事件中的所有受害者,然后通过他在京城里的关系,包括他密切交往过的那几位已经深得皇上宠信的传教士,很快将受害各方的怒火平息了下去。新总督不属于想要保全我性命的那个小集团,但是以他的智力,他一定知道我还活着,尽管他从来没有向任何人表露过对我的死的怀疑。毫无疑问,我死了比我活着对我的这位继任者更有意义。不过,他却并不在乎我是不是已经真正死去。他的默认是他对我的宽容,也是他对想保全我性命的那个小集团的一种姿态。我猜想,这位睿智的继任者一定非常理解我在任期间所经历的一切困难。那将是他也同样会要遭遇的困难。当然以他的智力和经验以及他对西方人的不同看法,他应该会将一切都处理得很好。好了,还是回到我自己的生活中来吧。死去几个月之后,就不再有人来看望我们了。食品和消息同时突然中断。我们有充足的储备,生活当然不成问题。而且我对外界的消息也完全失去了兴趣。我知道,直到这时候,新的生活才真正开始。遗忘世界以及被世界遗忘标志着新生活的真正开始。我们将在这与世隔绝的状况中开始我们新的生活。这种生活持续了整整十年。昨天,我刚刚埋葬了我的仆人。他的离去将我们共同的生活或者说我们共同的死亡带进了真正的坟墓。

现在还是让我回到这十年之前或者说我"生前"的那一段时间里去吧。那时候我是著名的两广总督。我的主要任务是保卫领土的完整和臣民的安全。威胁来自海上。西班牙人已经在菲律宾安顿下来了。可是谁都知道,他们的野心决不会停顿在那里。更直接的威胁是,葡萄牙人已经在澳门站稳了脚跟。虽然他们仍然接受我们的管制,但是随着时间的推移,这种管制显得越来越力不从心了。它正在蜕变成为一种交易。我与这些西方人从来就没有过任何的接触,可是我对他们却十分反感。我不太清楚这种反感是怎样产生的。也许它与生俱来?我想更有可能是因为这些野心勃勃的西方人给我带来了一种极为难堪的责任:一种既要亲善他们又要防止他们的责任。这种责任使我的地位变得非常敏感也非常脆弱。我每天都生活在极度紧张的状况之中。每一个对西方人的决定对我来说都像是一场严峻的考验。这种极度紧张的生活令我的身心十分疲惫。

疲惫渐渐使我心灰意冷,并且对一切都失去了兴趣。我想到过要离开这个敏感的职位。我多次托朝廷里地位显赫的朋友们为我寻找一个新的去所,但是一直没有结果。我继续忍受着心灰意冷和百无聊赖……直到那一天。那是多么平常又多么异常的一天啊。那一天,在我午睡刚刚醒来的时候,我的副手向我呈上了那本在广州城里已经流传很广的小书。我突然亢奋起来。那本小书令我突然亢奋起来。我紧接着做出了我一生当中最重要的决定。现在我知道,那是一个非常错误的决定:不仅仅它本身非常错误,对我个人的生活来说,它也是致命的一击。我想(准确地说应该是我需要)忏悔的并不是这个错误,而是我纠正错误的努力。我的努力并没有将错误纠正过来，或者说并没有使我逃脱错误的后果。相反，它增加了我错误的分量。最后，一切都来不及了。最后，那个拥有能够置人于死地的巨大权力的"总督"终于被更高的权力置于死地。

在那本小书之前发生的两次事件似乎是在为我的决定（或者不如说我的结局？）营造气氛。第一件事是荷兰海盗在几次成功地袭击了葡萄牙的船队之后有些得意忘形，决定攻打那几个葡萄牙人聚居的岛屿，这其中也包括了澳门。居住在澳门的传教士们听到这个消息，决定在山顶上修筑一座炮台。后来，不知道什么原因，荷兰海盗突然安静下来，不仅放弃了他们的进攻计划，还撤回到新加坡的外海上去了。澳门的炮台工程因此也就停了下来。可是当时，我的下属中流行着一种另外的看法。他们认为在澳门修筑一个军事设施可能有其他的用途，御防北欧海盗恐怕只是一个幌子。因为工程后来停了下来，这种流行的看法当然就不能成立了。不过它的确一度引起了我的疑心，敲响了我的警钟。第二件事是澳门当地的中国人与葡萄牙人最近的那一次冲突。中国人冲击了传教士们在附近一座小岛上新修的一座小教堂，因为他们原来以为那是葡萄牙人修筑的又一座军事设施。冲上小岛之后，愤怒的中国人才发现那的确只是一座教堂。尽管如此,他们却并没有知错就改,而是将错就错,仍然将新教堂付之一炬。这次冲突后来也得到了妥善的解决。那座小岛继续由传教士们占用,但是在新教堂的废墟上树起了一块显眼的石碑,碑文强调那无人居住的小岛是中国皇帝的领土。尽管这次冲突起源于假想,又很快被平息下去,它引起的不安和警觉却同样铭刻在了我的心中。经过这两次有惊无险的事件,我已经有了一种很快就要出大事的感觉。正是在这个时候,我的副手将那本尽人皆知的小书呈报到了我的面前。

小书的作者是一位家住香山的绅士。他在书中激动地罗列了最近发生在澳门的一系列骚乱,然后将矛头直指当时居住在那里的最出名的耶稣会传教士。那位出生在热那亚的意大利人身材魁梧,蓄着很威风的长胡须。他经常穿着中国绅士的服装在城里走动,十分引人注目。而且他还是整个澳门城里唯一见到过万历皇帝的人。在当地的中国人看来,那绝对不应该是一个西方传教士应该拥有的荣誉。那位意大利人了解中国的历史又熟悉中国的地理。更不可思议的是,他还精通中国的语言。据说他曾经协助那位被皇帝恩准居留在北京的更为著名的耶稣会传教士编撰过一部中国北方方言的音韵字典,他发明的给汉字注音的方式受到了同行们的欢迎。那位意大利人还曾经在南京和上海居住，他通过传授欧几里得几何学，博得了当地一些著名绅士的信任。这样的一个人如果有野心的话，可能是什么样的野心呢？那本小书提出了这样的问题，并且马上又给出了这个问题的答案：那位意大利传教士的野心就是想要成为中国的皇帝。一个了解中国的历史、熟悉中国的地理、精通中国的语言、并在中国各地拥有一大批追随者的身材魁梧的人想要成为中国的皇帝，这听起来一点也不荒唐。那本小书的作者称，据他所知，野心家正在等待着一支从印度开来的舰队。舰队一到，马上就将爆发大规模的军事行动。

那本已经在市面上引起了巨大恐慌的小书令我亢奋起来。它唤起了我强烈的历史感和责任感。我第一次强烈地感觉到自己正处在历史的转折点上，肩负着创造历史或者阻止历史的重大责任。我的副手告诉我，因为那本小书的影响，大批的澳门居民已经开始逃亡，其中的一部分选择了漂洋过海，而大部分则逃进了广州或者正在向广州涌来。我没有给自己太多的时间去思考这场由传教士领导的叛乱的可能性。书中的指控与我对我们重病缠身的国家越来越深的担心以及我对船坚炮利的西方由来已久的反感一拍即合。它让我立刻亢奋起来。我迅速在广州附近集结了足够的军队。我又在广州城内张贴告示，严禁市民接待从澳门过来的任何可疑分子,尤其是西方传教士。告示也禁止了一切与葡萄牙人的生意往来,同时禁止任何人把粮食运往澳门。我还命令我的军队将广州朝澳门方向的城门全部用石头和灰浆封堵起来,并且在城门外的所有道路上设置了长达三里地的路障。这一切都还算不了什么,它们还不至于让我蒙受巨大的政治风险。让我蒙受风险的是我做出了一个更加激烈的决定。我下令拆除广州城墙外十二里地范围内的全部房屋。我的军队总共拆除了近两千栋民房。有超过一万的平民因此而无家可归。我清楚地记得自己做出这个被我的政敌称为"暴行"的决定是基于两个理由:第一,我担心由野心家率领的叛军会利用这些民居做掩护,轻而易举地接近广州的城墙;第二,我相信要想及时发现敌情需要有足够开阔的视野。在这一系列命令和行动之后,广州城里已经充满了"保家卫国"的战斗气氛。

与此同时,皇帝也接到了我详细报告正在澳门策划的叛乱以及我所采取的防范措施的紧急奏章。但是,我的奏章没有引起他的重视。我早就听说,我们目空一切的皇帝已经被传教士们送给他的自鸣钟等新奇物品深深地迷惑住了。他开始对那些西方人有了亲近感和信任感。同时我也知道,我们目空一切的皇帝其实根本就没有把西方人放在眼里,他只会将他们当成一味争宠的能工巧匠,根本就不会相信他们还有颠覆皇权的政治野心。小书作者的描述和恐惧在我们至尊的皇帝看来恐怕只是贱民的狂想或者无稽之谈。

我的奏章没有能够引起皇帝的重视是我一生中最惨重的失败。对我来说,它也是一个明确而危险的暗示。时间证明了皇帝的智慧。那位被小书作者认为有篡夺帝位野心的意大利人在潜心研究闽南方言的过程中遇到了一些难以克服的困难。他突然变得情绪低落,整天都闷闷不乐、郁郁寡欢,最后甚至连到教堂外面走动的兴致都没有了。而整个澳门因为我的禁运令已经陷入了极度的饥饿状况,每天都会有人因为抢粮而死,每天也都会有人因为抢不到粮而死。同样,广州城里也是一片混乱。那些因为房屋强拆而无家可归的难民们整天都聚集在总督府的前面。他们顿足捶胸,他们哭天喊地。事态的这种发展却迅速引起了朝廷的重视和皇帝的关注。所有人都主张要立刻追究我的责任。

我之所以采取那一系列防范的行动,完全是出于对国家命运深深的忧虑。我的动机非常纯洁又完全正确。为什么要追究我的责任?又将怎样追究我的责任?……这一系列的问题使我感到极度迷茫和痛苦。我就像那个意大利人一样闷闷不乐、郁郁寡欢,整天都躺在床上。这时候,我唯一的希望就是真有一支西方人率领的队伍从天而降,让广州城的内外突然杀声震天、枪炮齐鸣。这突如其来的进攻不仅能解除我的困境,还能证实我对历史的判断,它是我唯一的希望……可是我也知道,这唯一的希望其实就是我的绝望,因为我这时候也开始不相信那本小书作者报告的"敌情"了。这种极不情愿的"不相信"让我看到了自己的仕途甚至生命的终结。

毫无疑问,在这样的关头,如果没有什么突发事件出现在广州,就肯定会有突发事件降临到我个人的生活之中,而且会很快。可是,会有什么突发事件在广州出现呢?我整天都躺在床上,闷闷不乐、郁郁寡欢……最后我枯竭的大脑中甚至出现了自杀的念头。正在我几乎濒临彻底崩溃的时候,我的副手带来了那个著名的案子。

一开始,我的副手就意识到了对我来说那是摆脱困境的绝好机会。不过很快,他又知道事情并不是那么简单。他说有人向他告发一个来自澳门的奸细和他的几个同伙。这些人已经潜入广州一段时间了,他们准备在广州城里组织一场目的是搅乱人心的暴乱。我的副手立即将这些人全部抓了起来。可是他发现,那个所谓的奸细只是一个病入膏肓的年轻修士。他面黄肌瘦，还正在发着高烧。根据修士自己的声明，他是第一个进入耶稣会的中国人。而他的所谓"同伙"只不过是他少年时代的一个朋友以及这个朋友的两个侄儿。我的副手搜查了这一伙人的行李，从中找到了一些用拉丁文写的短信和印的小书，以及四件葡萄牙式样的上衣。对于在广州组织一场暴乱这样重大的阴谋来说，我的副手认为，行李中的这些发现已经是相当确凿的证据了。所以他立刻对这些人进行了残酷的刑讯。这些人被折磨得死去活来，可是却并没有改变他们最初和一致的说法。他们说他们是从韶关下来的，而不是来自澳门。他们下来的目的是为了迎接一位已经等在广州的葡萄牙传教士去巡视中国南方各地教会的发展情况。我的副手并没有觉得他们的这种说法妨碍了他的判断。他相信进一步的刑讯一定会让"实情"水落石出。但是，就在他准备开始新一轮刑讯的时候，那个正发高烧的奸细突然想起了缝死在他外衣内侧的口袋里的那封信。那是一位有威望的大臣为他们前来迎接的那位传教士写的证明信。那封信证明了传教士的身份以及他将在中国内地活动的范围和目的。那封信让我的副手觉得事情不是那么简单了。他马上停止了刑讯，将犯人们押回牢房。接着，他又得知此案的原告其实也是一个的教徒。他曾经是那位病入膏肓的修士的朋友。他之所以告发他准备发动暴乱,主要是因为修士拒绝了他向教会借钱盖房的要求。原告的动机被揭穿之后,我的副手觉得事情更加难办了。

我仔细倾听着我的副手陈述事件的经过。我知道,与我一样,他也在急切地盼望着有突发的事件在广州爆发。我们需要这突发事件来证实我们的智慧和我们的正直。是巨大的责任感让我们做出了让民众和皇帝都不愉快的那一切。我们不应该被追究,不应该被惩罚。我的副手知道我跟他想法一致。我们都知这是我们应该抓住的绝好的机会,或者说这是我们应该为自己创造的绝好的机会。我将我的副手递过来的证明信退回给他,将身体侧向了床的内侧。"从韶关下来可能是谎言。证明信也可以伪造。"我平静地说,"至于那种下贱的原告,你还留着他干吗?"

我的副手完全领会了我的意思。他将我们迫切需要的这个机会命名为"广州暴乱"。当天晚上,他就将原告请到家里,向他讨教能够让那个奸细从实招来的最快捷的办法。原告果然给了他一个意想不到的建议。这个建议让我的副手豁然开朗。他在将原告送出家门的时候用肯定的语气告诉他,他会因为这个建议而得到一笔报酬。我的副手说出的报酬数量正好与原告想向教会借的盖房钱的数量相等。充满感激和期盼的原告在回家的路上遭遇了一伙蒙面人的攻击。他们用乱刀将他捅死、肢解,并且扔到了白云山的深处。

第二天,我的副手再次提审那个奸细和他的同伙。他的目标和思路都已经完全清晰了。他已经没有任何的犹豫了。他用斩钉截铁的声音申斥那一伙在昨天的刑讯中表现得像顽石一样的犯人。他说他们肯定来自澳门,而他们的证明信肯定出于伪造。他还说他们将因为这伪造而罪加一等。说完之后,我的副手狠狠地拍响了桌面,命令罪犯们尽快交代他们准备在广州发动暴乱的全部事实。那个几乎已经奄奄一息的修士低声争辩说他们的确是从韶关下来的,那封证明信也的确是真的。他说上帝不允许他们这些信徒们撒谎。这虚弱的争辩又给他招来了一轮猛烈的鞭打。我的副手不动声色地观望了一阵之后,突然示意停止鞭打。他走到修士的身旁,俯在他的耳边用很温和的语气问:"你是不是买过药?"已经奄奄一息的修士显然不大理解怎么会有这样的问题。"好好想想,"我的副手说,"你一定买过药。"已经奄奄一息的修士勉强睁开眼睛。"我买过。"他低声说。"很好,你终于承认了。"我的副手接着问,"那你们准备在哪里引爆?"已经奄奄一息的修士觉得这是荒唐透顶的问题。他用力睁开眼睛,说:"我买的是治病的药,不是……"他的争辩又给他招来了一阵猛烈的鞭打。"我再问一次,你是不是买过药?"我的副手接着问,他的语气又变得严厉起来。"我买过,但那不是……"已经奄奄一息的修士没有把话说完,就昏迷过去了。"好,罪犯们已经承认了犯罪的事实。"我的副手得意地宣布。接着,他命令将犯人压回牢房,等待第二天的判决。他迅速将审讯的结果通知了我。我指示他马上着手准备关于"广州暴乱"的奏章。在奏章中,我的副手将会提到奸细已经供认在广州"买过炸药"的事实。

第二天,我亲自出席了对那几个犯人的最后一次审讯和判决。那个前一天晚上已经在我的梦中出现过的修士看上去远比在我的梦里要显得年轻。那种出乎我意料的"年轻"让我有点难过……不,应该说是让我非常难过。我的副手看到我的那种表情时有点不知所措。他大概是担心我会后退吧。他知道我们没有退路。我也知道。我们必须抓住这个机会。或者说我们必须创造这个机会。他将连夜起草好的奏章推到我的眼前,好像是提醒我切不可在最后的关头心慈手软。这时候,一个任何外人都不会察觉的"巧合"改变了我的心情,也就因此而改变了我个人的命运甚至我的国家的历史:我只是稍稍瞥了一眼奏章,就完全失去了自制力。一阵前所未有的愤怒从我的体内喷发出来。

我大声命令给那个胆敢在我的辖域里策动暴乱的奸细再加五十鞭。皮鞭不停地抽打在年轻修士已经奄奄一息的身体上。那抽打的声音让我感到了一种如同沐浴一般的畅快。一直依附在我心灵深处的仇恨终于被洗刷干净了……那是对一种特定的年龄的仇恨,那是对那种特定年龄的男人的仇恨。那仇恨萌发自一个遥远的冬天。在那里,我因为一个微不足道的过失被父亲关进了家里漆黑的地窖,被关了整整一夜。那一年,我的父亲正好三十岁,就跟我刚才在奏章上瞥见的年轻修士的年龄一样。那个夜晚使我变成了仇恨的俘虏或者说仇恨的载体。我开始仇恨所有三十岁的男人,包括三十岁那一年的我自己。我发誓只要有机会,我就一定要对那个年龄的男人实施毫不留情的报复(我仍然非常清晰地记得三十岁那一年我对自己的种种虐待)。我的副手完全没有料到我会突然有如此激烈的表现。他开始有点不知所措。不过,他很快就镇定了下来。他知道我们已经获救了。随后的那些过场对他来说已经变得易如反掌。

在对犯人进行了又一轮答非所问的审讯之后,我的副手庄严地宣布了对他们这个犯罪团伙的判决。年轻的修士和他的同伙被判处死刑,而那个同伙的两个侄儿被判终身苦役。死刑定在第二天的中午执行。

年轻的修士没有等到"被钉上十字架"的一刻。他在当天返回牢房的途中就断了气。我的副手估计朝廷不会轻易放过这一重大的案件,下令将年轻的修士单独埋葬在一个废弃的矿井里,与其他死囚相区别,以方便将来朝廷派来的官员进行复查。他还决定让年轻的修士在下葬的时候继续带着枷锁、穿着囚衣。他说对这种"死不悔改的暴乱分子"就必须用这样的方式来羞辱。我的副手后来将这句话也写进了关于"广州暴乱"的奏章。

不过我听说在广州的传教士中间没有人认为这种下葬的方式是一种"羞辱"。相反,传教士们认为,这种受难式的下葬是一个基督徒的荣誉。他们还发现他们的这位兄弟遇难的时辰与耶稣被钉在十字架上的时辰一致。这是整个事件中的又一个"巧合"。这个"巧合"让他们相信年轻修士的死是神的恩赐。当然,他们并不会因此而放过我。虽然他们这位兄弟的死是神的恩赐,置他于死地的人却是神的敌人。他们同样准备了一份内容详实的奏章,准备通过他们那些整天在用新奇的发明迷惑我们皇帝的兄弟们进呈到皇帝的手里。

这两份内容相反的奏章都还没有抵达朝廷,我的继任者就已经从北京出发了。这位皇亲的名声是温文尔雅又通情达理(以这样的性格,我一点都不奇怪他也对几何学发生了兴趣)。

我预感他会避开我对那本小书的过激反应,将注意力集中在我为逃脱追究而虚构的"广州暴乱"。我的过激反应只是"错",而我的虚构却是"罪"。我的副手听到我的继任者已经上路的消息就在家里服毒自杀了。我的反应没有他的那么迅速。但是我很清楚,他的下场也就是我的下场,因为我虚构的冤案已经是无法改变的事实了。我的政敌们不会放过我为他们创造的这个机会。传教士们也不会撤回他们对我的指控。我的"罪"很快就会大昭于天下。我必将受到严厉的惩罚。除了自杀,我还能够选择什么呢?

我同样"选择"了自杀。可是与我的副手不同,我并没有因为自杀而死。死去的只是那个因为重大的错误和严重的罪行而被免职的总督。这一切都是出于与我有特殊关系的那位亲王的精心安排。亲王无法改变朝廷内外要求我承担责任的强烈态度,却能够安排我承担责任的方式以及我死后的生活。我在自杀身亡之后又活了整整十年。这十年之中,我的生活仍然由我最忠实的仆人料理……直到昨天,直到他最后的那个故事接近尾声的时候。那是一只老虎和一个女人的故事。那是我听到的最离奇的故事。在他就快说出故事肯定非常精彩的结尾的时候,我最忠实的朋友和对手突然停止了呼吸。

在这十年之中,我经常会回想起自己作为总督的最后那几个月的经历,想起那一场"广州暴乱"。直到现在,我还是认为我在读到那本小书之后所采取的那一系列防范措施并不应该受到过分的指责。我的动机是纯洁的,是正直的。它根于我对国家的责任感和深深的忧患意识。我的错误在于整个世界都在对我进行过分指责的时候,我想选择的那种逃避的方式。那个年轻修士的死当然应该由我负责。如果他不在那敏感的时刻来到广州,他现在应该还活着,就像因他的死而自杀身亡的总督一样。我还清楚地记得那个无辜的年轻人在遭受酷刑时的表情,那样沉静、那样安详的表情。是信仰让他获得了那种沉静和安详吗?我求生的欲望导致了他的死,我承认。我们完全是生活在不同世界里面的人。我不是靠信仰来生活的。我生活在利害关系之中。我们这两个完全不同的人的相遇只是历史之中的"巧合"。可是,他为这"巧合"付出了生命。那个走投无路的总督也为这"巧合"付出了生命。而我还活着,我这个曾经带着那个总督的面具活着的人……历史之中为什么会有如此残忍的"巧合"?为什么要有如此残忍的"巧合"?最近这十年之中,我常常思考这样的问题。当我读到那本小书的时候,我立刻就亢奋了起来。我强烈地感到了历史的存在以及我个人在历史中的存在。可是,历史到底是什么?经过以我的自杀为结局的那几个月的喧嚣,经过最近这十年的与世隔绝,我感到自己已经离这个问题的答案越来越远了……现在我想,我们生活于其中的世界不过是一种幻象或者一种假象。现在我想,历史也同样只不过是一种幻象或者一种假象,一种散发出人的恶臭的幻象或者假象。

我记得有一年的冬天,我的仆人问我想不想回广州去看看。他说人们早已经不记得我们了,出现在广州街头对我们不会有任何危险。我在他的提议之前其实就产生过回广州去看看的念头。我甚至都想再次从总督府门前走过,再次面对生活的幻象或者假象。可是,我很快就打消了这样的念头。是啊,我们已经没有危险了……人们早已经忘记了那个畏罪自杀的总督。这正好就是我不愿意回去的理由。为什么要回到对我已经失去了记忆的城市里去?更何况那还曾经是由我掌握着命运的城市。为什么要回到对我已经没有记忆的人群中去?更何况那还曾经是对我充满了恐惧的人群。我现在甚至也不再感激亲王为保全我的性命所做的一切。为什么要多活这十年,这毫无意义的十年,这远离历史的十年?这十年之中,我每天都在故事中度过,或者说都在想象和虚构中度过。这样的生活本身就是幻象或者假象……真的,现在我觉得,我真的应该在十年之前与那个自杀的总督一起下葬。

我不知道黑夜是什么时候降临的。此刻,我的思维和身体都笼罩在无边的黑暗之中。但是我没有丝毫的恐惧。童年时代的那个夜晚刚才又从我的头脑中一闪而过。我的身体仍然有强烈的反应。我还记得地窖墙面的潮湿阴冷。我还记得父亲无边的愤怒。那时候,我对黑暗充满了恐惧。因为那绝望的恐惧,我发誓要报复所有三十岁的男人。现在,我不仅没有恐惧,我甚至对无边的黑暗还充满了感激。现在,这无边的黑暗是我的需要。我希望它不再离开我,不要抛弃我。我希望它用力包裹着我,使我不再受阳光和喧嚣的侵扰。我甚至希望它能够将我吞噬,让我永远逃离历史和生命的伤害。如果至高无上的神的确存在的话,它此刻就应该用这"永远"来证明它的恩典。

我已经非常虚弱了……我已经没有力气再写下去了。原谅我就这样结束我的忏悔吧。我现在要向曾经迷惑过我的语言告别了。我已经埋葬了我赖以生存的伴侣和对手。我知道我自己的生命也不可能再持续太长的时间。这可能是我最后一次深入到语言的体内,最后一次从它细腻的颤动中捕获生命的快感。再见了,我的词语,我的句子,再见了,我奄奄一息的思绪……我要躺下来了,我要在这无边的黑暗之中躺下来了……

历史中的一个转折点

She dwells with Beauty——Beauty that must die.

Ode on Melancholy

John Keats

黄营长接到命令,他的部队要在刚刚夺下的这座城市里休整三天。这道命令,与最初的计划相冲突。最初的计划要求他尽快夺取地图上位于他的正北方,距离他现在的位置大约四十公里的那座小镇。那座小镇位于两个中部省份的交界处。小镇的南面有一条大约六十米宽的河流,河面上有一座大约五米宽的小桥。历史曾经多次光顾过那座小镇和那座小桥。而再过两天,那座小桥将再一次成为历史中的一个转折点。最初的计划要求黄营长率领他的部队趁敌军阵脚大乱,一鼓作气,冲过那个转折点,去翻开历史新的一页。"决不要给敌人喘息的机会。"团长在战前动员会上很坚决地说。可是现在,要部队休整的命令已经折叠在黄营长上衣左边的口袋里。黄营长刚刚向他的部队传达了这个命令,并布置了一系列相应的安排。这时候,只有那极少数想到了团长战前动员的下级军官提出了为什么要给敌人喘息之机的问题。黄营长没有理会他们的提问。他干脆地回答说:"这是命令!"而对那些疲惫不堪的士兵们来说,这突如其来的命令无疑是一道福音。他们中的大多数人并不知道或者也不想知道这场战争的意义是什么以及他们的目的地在哪里。他们现在只是想好好睡一觉,好好吃一顿,好好玩一通。他们对历史中的转折点没有任何兴趣,他们也没有兴趣在那座千年古镇里去翻开历史新的一页。

黄营长却以为自己知道战争的意义是什么。但是,他也并不完全知道部队的目的地在哪里。他不知道两天以后,在冲过了那个转折点,并且夺取了那座古镇之后,他的部队将怎样行动。他们是继续北上呢,还是转而东进?西征是不太可能的。在这个国家的历史上,西部通常都只是退守避让之地。而他的部队,这支从广州开拔出来的部队,一直都是处于势不可挡的进攻状态之中的。他们要北上夺取政治的中心或者东进夺取经济的中心。黄营长知道,如果继续北上的话,他们所代表的观念将会遭遇棘手的政治局面,而如果转而东进,他们的军事实力又会遇到极其严峻的考验。这在他那一级官员的头脑里几乎是一种常识。而不管北上还是东进,都不是黄营长本人可以做出的选择。他只能够等待,等待又一道新的命令。但是,如果两天以后,他的部队无法冲过那个历史转折点的话,黄营长就很清楚自己的目的地在哪里了。在开拔之前提到那种可能性的时候,他的团长态度非常坚决地说:"老子毙了你。"

黄营长同样也不知道他的部队为什么要在这座刚刚夺下的城市里休整。尽管他和他的士兵们都已经相当疲劳了,但是四十公里的急行军外加一场强攻战对于一支被胜利冲昏了头脑的部队来说恐怕还不是太大的问题。黄营长从一开始就认为,他的部队应该打进那座小镇上之后再做休整。他盼望着早日冲过那座小桥,冲进那座小镇。他的这种盼望带有很强的个人目的,因为那座小桥和那座小镇珍藏着他的一段复杂的记忆。五年前的那个夏天,黄营长在那座小镇上住过一个星期。他的主人是他的同班同学。他们刚刚从北京大学毕业,深受新文化的影响。他们几乎每天傍晚都到小桥上去散步。他们俯在小桥的护栏上讨论西方的历史和东方的未来。当然他们谁也不知道他们脚下的那座小桥五年以后又将被东方的历史光顾,成为历史中新的转折点。现在,黄营长距离那座小桥只有四十公里了。他不想停下来,不想人为地推后进攻的时间。已经五年了!黄营长不愿意自己与那座小桥相隔更长的时间。这五年来,黄营长一直将那座小镇想象为一面神奇的镜子。通过它,他可以看到还没有遭受人间烟火熏染的自己。可是他无论如何也看不到他的那位大学同学了。他们在那个下着小雨的正午在小桥的正中分手。在随后的日子里,他们一直保持着有规律的通信联系。但是,他的那位同学在信中流露出来的情绪越来越糟了。他不仅抱怨家庭的清规戒律,也抱怨自己的身心状况。读着那些来信,黄营长对与自己心心相印的同学充满了担忧。那位感情极为细腻的年轻人出生在小镇上最富的人家。他独断专行的父亲是家庭里的主宰。家庭里的一切都要由他来决定。两年前,父亲突然告诉儿子,他已经安排他与小镇上那位盐商的女儿成婚。儿子的异议引起了父亲的盛怒和压制。结婚一年零四个月之后,黄营长的同学升格成了父亲。但是,这年轻的父亲在儿子满月的前一天就忧郁地离开了人世。他的最后一封信是在他死后才寄到黄营长手上的。他在信中并没有提到死神已经在朝他逼近,但是,他很消沉。他写道,如果社会不发生剧烈的变化,他的儿子肯定跟他有着同样的命运。他说他不知道一代又一代人的这种同样的生活到底有什么意义。令黄营长感觉天翻地覆的死讯是他从一个月以后收到的另一封信中获悉的。独断专行的父亲在信中告诉黄营长,极度的忧郁已经夺去了他心心相印的朋友的生命。父亲的文字充满了自责和懊悔。他说如果自己没有为儿子包办那样一场不幸的婚姻,他肯定不会这么早就失去自己心爱的儿子。接着,他告诉黄营长,儿子在临死之前一再表示要将年幼的孩子托付给黄营长,他说在这个世界上只有黄营长会将那个孩子当成自己的儿子看待。独断专行的父亲在信的最后提到了黄营长在小镇上住过的那一段经历,他说他从那个时候起就对黄营长有很好的印象。他希望黄营长今后就将他们的家当成自己的家,经常"回"小镇上来看看。

黄营长比他的那位同学幸运多了,因为他没有那样一位独断专行的父亲。黄营长的家庭由他的母亲负责管理。她是一位心地善良的女人,在一九二〇年(也就是黄营长毕业回家的前一年)就受洗成了一名天主教徒。她的丈夫从不料理家事。他整天都在他们大宅院东南角的那间小屋里跟他那群无所事事的朋友斗蛐蛐。在黄营长毕业回家以后,每遇到重大的事情,这位心地善良的女人总是会跟自己唯一的儿子商量。这其中包括黄营长自己的婚事。在结婚之前,黄营长已经多次见到过他未来的妻子了。那个十六岁的女孩同样出自一个笃信的家庭。她苗条纯情,既符合黄营长从新文化运动之中吸收过来的关于"美"的标准,也激起了他本能的强烈反应。因此,他接受了母亲周到的安排,与他那位同学在同一年结了婚,也像他那位同学一样在同一年做了父亲。不同的是,黄营长现在还活着,而他的那位同学已经被埋在早已经选好的墓穴里了。五年前,当黄营长在小镇上度过他学生时代最后那个暑假的时候,他的那位同学曾经带他去看过他们家族的墓地。他还指着为自己留出的墓穴对黄营长说:"那就是我的长眠之地。"他告诉黄营长他的墓穴在他刚满四岁的时候就已经选定了。"从子宫到坟墓,人的一生就是这么简单。"黄营长感叹说。从小桥这边望去,位于小镇西南角的山坡上密密麻麻的墓碑尽在眼中。每天傍晚,黄营长和他的那位同学站在那座小桥上谈论世界的时候,那些远处的墓碑就如同是历史和未来的注脚。河水从桥底下流过,静无声息。

良好的家庭环境使黄营长得以保存自己的理想、善良以及他不愿承认的内心的脆弱。他是一个理想主义者。学识渊博的白教士也是这样评价他的。那个懂得迦勒底历法的意大利人有一次去香港向他所属的米兰外方传教会汇报教务的时候,邀请黄营长一起前往。他当着主教大人的面就是这样评价黄营长的。也许正因为是一个理想主义者,黄营长接受了白教士多年的教诲却始终没有成为一名天主教徒。他总是能够发现上帝与他自己的理想之间的冲突。他经常对《圣经》中的故事和结论有许多的疑惑。白教士对黄营长的疑惑总是极为耐心地倾听,并且极为耐心地解答。但是白教士的回答很少能够令黄营长满意和信服。与白教士讨论《圣经》不是令黄营长感觉愉快的生活片断。他们相处的愉快得益于西方十六世纪以来科学的巨大成就。白教士对各种科学原理的独到见解令黄营长兴奋不已。他好像又回到了那激动人心的学生时代,回到了激动人心的北京。源源不断的知识与深入浅出的探讨为黄营长的理想提供了极为丰富的营养。虽然黄营长从来也不是特别清楚自己的理想究竟是什么,他却非常清楚自己是一个理想主义者。

黄营长一家的乐善好施也远近有名。每年的盛夏和严冬,总有一群群固定的难民来到他们家的门口。他们向黄营长的母亲诉说与前一年几乎完全相同的灾情。黄营长的母亲会马上招呼佣人们拿出大米和衣服施舍给他们。佣人们知道这些难民中的绝大多数只是长年在外行乞的"职业"乞丐,他们总是想方设法不让黄营长的母亲知道他们的到来。看到那些乞丐从远处的小山坡上走下来,佣人们就会将黄营长的母亲哄进宅院里最深的那几间库房,并且故意大声说话或者造出各种响声,想用室内的喧闹盖过那些乞丐一起用筷子敲击饭盆和茶缸的声音。佣人们的招数很难将黄营长的母亲哄住。她与那些乞丐好像有天然的默契。她从来都没有错过过他们的到来。她从来不会让他们空手而归。难民们一遍一遍地重复同样的灾情时,她总是面带着微笑,认真倾听。而佣人们对那些乞丐的恶劣态度总是会受到她温和又幽默的指责。

黄营长继承了母亲的善良。他从毕业后回到家乡的第一天起,就像是一个温文尔雅的绅士。连那些新来的佣人们也对他赞不绝口。比如说长工阿虎吧。在来到黄营长家之前,阿虎从来就没有得到过或者感到过别人对他的尊重。可是在黄营长的身边,他时时刻刻都能清楚地感到来自自己主人的尊重。这种对人的尊重更突出地表现在精神的方面。有一次,阿虎说他想学习认字。黄营长很快就为他编出了一个识字课本,并且在每天下午午休起来之后,亲自教他认字和写字。还有一次,阿虎说他想知道天主是怎么一回事,黄营长马上就给他讲起了他自己还将信将疑的创世纪。看到阿虎听得出神,黄营长又决定每天晚上临睡之前都为阿虎讲几个《圣经》里面的故事。听着听着,阿虎说他也有点想入教了。这个想法让黄营长稍稍觉得有点奇怪,但是他还是很快就把阿虎带到了白教士那里,并且旁观了他的受洗……还有一次,那是更让黄营长吃惊的一次:他吃惊自己的人文教育会在那样短的时间里取得那样神奇的效果。那是一个阳光明媚的上午。刚刚从河边挑了一担沙子回来的阿虎放下扁担之后突然很认真地问黄营长,他经常说的"美"到底是什么意思。阿虎认真的表情让黄营长大吃一惊。他觉得那好像是这个刚刚认识了一百六十个汉字的年轻人苦思不得其解的问题。黄营长当然不可能直接说出他在大学里学到的那些关于"美"的定义。他稍稍想了一下,指着自己心爱的妻子说:"你看我们家的少奶奶,她就是美。"阿虎当然不敢顺着黄营长手指的方向去看正坐在走廊的尽头捧读着《圣经》的少奶奶。他只是目不转睛地盯着黄营长充满自豪的眼睛。他好像懂了又好像还是不懂"美"的意思。

黄营长完全不知道自己对美的迷恋正好是自己内心脆弱的标志。他在新文化运动的躁动中感受着美。他在妻子的恬静中感受着美。他还在理想的神圣中感受着美。他的理想使他终于决定要再一次离开家乡。他的母亲知道他的一切。她当然知道他要去哪里,要去做什么。她不想他去,但是却没有阻止他去。她只是恳求自己的儿子不要把自己的去向告诉任何人。这个心地善良的女人憎恶一切形式的暴力。在她看来,没有任何战争是正义的,战争是暴力的极限。而精明的白教士虽然不知道这个理想主义者很快就会要成为"黄营长",却也毫不费力地就猜出了他感觉亲近的年轻人到底要去哪里,要去做什么。他不愿意让黄营长知道自己已经猜出了他的去向。他将准备送给黄营长的那本棕色封面的《圣经》交给了他的母亲。那是他从米兰的一位古董商那里买来的。白教士悄悄告诉黄营长的母亲,那本《圣经》经历过许多次战争,许多的磨难,"可它最后还是幸存下来了"。白教士那意味深长的话语令黄营长的母亲泣不成声。黄营长温顺的妻子在与他分手的一刹那也流下了眼泪。她不知道自己的丈夫这是要到什么地方去,去做什么。但是她感觉得到,他这是要去很远的地方,而且会去得很久。她甚至隐隐约约地感觉到了他要去做的事情充满了诡异和危险。她看着黄营长越来越远的身影,内心深处又出现了那一阵暴烈的空虚,就像在刚刚过去的凌晨当黄营长用从没有过的疯狂亲吻她的乳头时一样。他们的孩子用右手紧紧地搂着她的脖子,将脸狠狠地埋在她的肩膀上。他已经开始会说话了。他用很低的声音说:"爸爸,你回来。"他的声音那样低,就好像是他怕被离自己幼小的身体越来越远的父亲听到。

　　黄营长的部队正在刚刚夺下的这座城市里休整。他不知道为什么上司会突然命令他的部队在这里休整。他最开始猜测也许是因为他们的推进过于顺利了。一路上，黄营长的部队没有遇到出发前设想过的任何困难。事实上，他们比预计的时间提前两天进入了这座城市。如果不休整三天，他们反倒有可能打乱整个战役的进度。可是他的副官却并不这么看。他提醒黄营长，折叠在他上衣口袋里的是一道充满了私欲的命令。"有人嫉妒你了。"他提醒说，"他们不想让我们的部队抢了头功"。黄营长是一个理想主义者，他完全不可能接受这种庸俗的解释。"在这场战争的后面还有一场战争。"他的副官继续说，"你看吧，那场战争迟早也是会要爆发的。"黄营长也不可能接受这样的预测。他拍了拍副官的肩膀，示意他不要沿着这种"阴谋论"的思路继续走下去。"你不知道这一休整会令我们下一次进攻的损失增加多少倍吗？"副官非常激动地说。这个现实的问题打动了黄营长。他深深地叹了一口气。

第二天傍晚，团部随主力开进了这座城市。团长立即召集战前会议，宣布"明天中午"按照团部制定的最新作战方案，由黄营长率领的先头部队配合主力部队向小镇发起进攻。黄营长感觉有点突然。"不是说要休整三天吗？"他问。团长不太耐烦地解释说他原来没有估计到大部队这么快就能够赶到。接着，他强调了争取时间的重要。"决不能给敌人喘息的机会。"他很坚决地说。黄营长听到坐在一旁的副官发出了一声很夸张的冷笑。

在讨论完作战方案细节的时候,团长突然想起了什么,向自己的副官做了一个手势。团长的副官马上给黄营长递过来了一个信封。"很久没有收到家信了吧。"团长微笑着说。黄营长礼貌地欠了欠身子,接过了让他感觉很亲切的信封。这时,团长又开始大谈旧的军事纪律以及新的赏罚条例。会议室里弥漫着一股骚动不安的情绪。

黄营长撕开信封,读起了他母亲写来的家信。他的脸突然涨得通红。他的脸色又很快变成了铁青。他的双手激烈地抖动起来。他的眼睛瞪得比任何时候都要大……黄营长在极端紧张的情绪中读完了这封意想不到的家信。最后,他好像是想把信撕碎,但是他又没有那样做。他茫然地扫视了一眼乌烟瘴气的会议室,然后把信小心折好,小心放回信封,然后又将信封小心地塞进上衣右侧的口袋。他稍稍迟疑了一下,站起来,走了出去。

黄营长的副官一直在旁边注意着黄营长表情的变化。他非常不安,但是他并没有跟黄营长一起出去。他知道黄营长需要自己安静一下。重新回到座位上来的时候,黄营长的确显得平静多了。不过,他依然湿润的眼眶也很容易就被他的副官看出来了。他知道黄营长刚才在外面并不安静。他凑近黄营长,低声问:"要不要先回去休息一下?"黄营长很冷漠地摆了摆手。

接下来,黄营长度过了他一生中最痛苦的夜晚。他没有脱去外衣就在床上躺下了。但是,他翻来覆去,无法安静。他生平第一次看到了自己内心的脆弱。他责问自己为什么不敢拍案而起,又为什么不敢当众撕碎令他分崩离析的家信。他生平第一次承认了自己内心的脆弱。他羞愧难当。他痛不欲生。他绝望地坐起来,蜷缩在油灯的阴影中。他全身发冷。他无法让自己的大脑安静下来。他忍不住又从上衣口袋里翻出了那封家信。他一遍又一遍地翻读着那封家信。眼泪浸湿了他冰凉的双颊,浸湿了他布满灰尘的军装。黄营长在这个最痛苦的夜晚做出了他一生中最重大的决定。在做出这个决定之后,他仍然(或者说更加)相信自己是一个理想主义者。他看了一下时间:凌晨三点五十二分。再过一小时零八分,部队就要开拔了。再经过将近六个小时的急行军,他率领的先头部队就将面对那个历史的转折点冲过去。黄营长的决定使他自己完全平静下来。他开始祷告。这是他一生中的第二次祷告。第一次发生在他得到他那位同学死讯的那天深夜。他为那饱受折磨的脆弱的灵魂祈祷。他的这第二次祷告同样为的是一个饱受折磨的脆弱的灵魂。那是他自己的灵魂。那曾经是一个幸福无比的灵魂,可是它被母亲绝望的叙述推进了绝望的深渊……与第一次祷告时一样,那座小桥始终都漂浮在黄营长的脑海之中。他现在距离那座小桥还有四十公里。他现在知道那座小桥在大约十个小时之后将成为历史中的一个转折点。而在五年以前,他并不知道历史会走到这一步,他当然更不知道他自己会走到这一步,或者说"只会"走到这一步。现在,他知道了这一切……他要用自己这人生当中的最后一次祷告将自己送进"美"的天堂,只有"美"的天堂。

第二天黎明时分部队朝那座小镇开拔。忧心忡忡的副官看着表情变得非常神圣的黄营长更加忧心忡忡。但是,他没有多想,他也不想多问。先头部队一路顺利。在离那座小桥大约一公里远处的一个山坡上,黄营长指挥他的士兵们为团长搭起一个临时指挥部。团部和主力在三个小时之后也赶到了。团长按新的作战方案将主力分成三个梯队。第一梯队与黄营长的队伍一起作为进攻的先锋和主力。第二梯队和第三梯队负责增援和保护团部的安全。在进攻开始之前,团长再一次强调了这次战役的重要性:这是一次只能胜不能败的战役,它是一场旨在统一全国的伟大战争中的关键部分,是历史中的一个转折点。"如果败下阵来,"团长用枪口指着黄营长的鼻子说,"老子就毙了你。"

战斗结束之后，黄营长的副官在小桥上找到了黄营长的尸体。击中黄营长太阳穴的子弹从弹孔的形状判断，很容易知道是从近距离射出的。副官没有将黄营长中弹的这一细节写在他关于这次战役的报告之中。他在庆功会之前已经被正式任命接替了黄营长的职务。他指挥他的士兵们将黄营长的尸体埋在小镇西南角朝向河面（也就是朝向黄营长故乡的方向）的山坡上。那是一个风景秀丽的墓区。黄营长的副官觉得，自己迷恋美好事物的上司能够在那样的地方安息对他们两人都是一种安慰。黄营长从来没有向自己的副官提起过他曾经在这座小镇上住过一个星期的经历。他一直想把这种与死亡和忧郁纠缠在一起的记忆全部留给他自己。因此，黄营长的副官完全不知道在离黄营长简陋的坟墓一百五十米左右的地方埋葬着他心心相印的朋友。他当然也不会知道黄营长这位朋友的儿子在去给他毫无记忆的父亲扫墓的路上很可能要从黄营长的坟墓前经过。他当然更不会知道黄营长的这位朋友在临死之前表达了想请黄营长充当那个孩子监护人的遗愿。经过这一场恶战，这风景秀丽的墓区里突然出现了太多的新坟。这些新坟既是历史的排泄物，又是丰富历史的养份。如今，历史终于翻开了新的一页。新营长站在黄营长的坟墓旁对新的副官说："太可惜了！他没有能够走进过这座注定要进入历史的小镇,实在是太可惜了!"

为黄营长清点遗物的时候,黄营长的副官在他上衣右侧的口袋里找到了那封令他非常好奇的家信。他小心地将信从已经被血染红的信封里取出来。他吃惊地发现,信已经被撕成了两半。他想起了黄营长在战前会议上的那个想做却没有做出的动作。他突然意识到,黄营长在即将过去的这一天里显得非常神圣的精神状态事实上是一个极度痛苦的不眠之夜的结果。他突然意识到,就是在极度痛苦地将信撕成了两半之后或者之前,黄营长做出了那个神圣又致命的决定。

黄营长的副官将信拼接起来,透过信纸上不均匀的血迹,他读到了如下的内容:

……她走了,她说她没有脸再……他看到了……可怜的孩子,他到现在还没有开口说话……你父亲也快不行了。你知道他以前从不管家事,但是这一次他就好像……他说他要亲手杀了"那个畜生"(主原谅我引用他的话)。他已经派人四处去寻……"那个畜生"居然是趁她在做祷告的时候冲进了你们的房间,犯下了这暴行的……他还是受了洗的人啊。……我其实早已经看出了他的魔鬼嘴脸,但是……

都怪我太善良。善良是一种罪啊……不知道还有什么在等着我们……真希望你能够早点回来……

从这些断裂的文字,黄营长的副官大概知道了将黄营长推进深渊的"暴行"的性质,尽管他并不清楚"那个畜生"是谁以及他与黄营长本人有过什么样的关系。毫无疑问,自从他们北上之后,黄营长家乡的生活发生了不可思议的变化。这是黄营长没有料到也无法接受的变化。这也是黄营长和他的家庭无法抗拒的变化。那"暴行"只是这变化的一种典型表现。它摧毁的不仅仅是黄营长心中的"美",它也摧毁了黄营长的理想和他对生活的信念。

新营长将黄营长的遗物(连同这封血迹斑斑的信)包在一起,托他自己的副官送到小镇上的邮政代理所去邮寄给黄营长的母亲。副官回来以后告诉自己的上司,他感觉邮政代理所的那个人好像有点熟悉黄营长家的地址,也有点好奇收件人为什么是黄营长"之母"而不是黄营长本人。黄营长的副官并没有在意这个不可思议的发现。他刚刚接到一道紧急命令,部队马上又要开拔了。他要指挥这支在这次战役中损失了五分之二的兵力的部队朝长江方向挺进。

当新副官在交寄那件包裹的时候,他填下的收件人的住址正在被一场大火吞没。这是当地日益高涨的仇教活动的最高潮。因为与仇教活动的领导者结下了深仇,大宅院的女主人已经接受白教士的建议,带着她因为目睹了那"暴行"而失语的孙子避居到香港去了。而病入膏肓的男主人仍然在病床上绝望地等待着自己的儿子回来。他带着报仇雪恨的怒火与留守大宅院的三位老佣人一起葬身于由"那个畜生"亲手点燃的大火之中。

一段被虚构掩盖的家史

Our fears do make us traitors.

Macbeth, IV. ii

Shakespeare

那一整天都非常潮湿,地面上和墙壁上始终覆盖着一层薄薄的水渍。天黑以后,湿气好像收敛了一点,不过空气还是显得十分沉闷。雨季已经到来。这样的天气还将维持一个月左右的时间。在这一段时间之内,我左脚的膝盖将持续地疼痛。疼得最厉害的时候,我真想把整条腿都锯掉。疼痛将我推到生命的边缘,好像一切都马上就会成为过去。入睡之前的感觉最为强烈,我总是觉得我不会再醒过来了。这种感觉令我无法入睡。我在床上翻来覆去,心情阴郁。有时候我试着为自己编造一些下流的笑话,想以此缓解一下由疼痛带来的躁动。可是我笑不起来,一点也笑不起来。阴郁的心情压迫着我的神经,令我笑不起来。那一天就在这疼痛难忍又笑不出来的时候,我接到了从位于地中海北岸的一个法国小镇打来的电话。打来电话的人是一个多年没有见过面的朋友。他用稍带法国口音的英语跟我谈起了我长篇小说《遗弃》主人公写的一篇题为《革命者》的小说。他说他很喜欢那篇小说。小说中一个怀着伟大理想的革命者与一个庸俗不堪的小偷被关在同一间牢房里。革命家面对即将来临的死亡痛苦绝望,突然感觉自己连小偷都不如,而对革命没有敬意的小偷最后却因为送饭人的黑色幽默而对革命产生了迷信。我的这位朋友曾经是颇有影响的东欧问题专家。他在六十年代末出版的第一部著作中就预言过东欧的共产主义体制顶多再维持二十年。可是在一九八九年的年底,当他的预言果然成真之后,他却辞去了在巴黎的教职,退出了学术界,回自己的家乡经营起了父亲遗留下来的酒庄。紧接着,他的话题从《革命者》转到了乔治乌·德治。我说我从来没有听说过这个人。"你总应该知道齐奥塞斯库吧?"他接着问。当然,我说我当然知道。其实,我不仅仅是知道他,还见过他。在读小学的时候,我参加过一次欢迎他的仪式。有两万多人在我们故乡城市的机场参加了那一次欢迎仪式。为了迎接他的到来,我们花三个月的时间排演了一套舞蹈。那一天清早五点钟,我们就赶到了学校,在那里等待全市统一安排的汽车。在那一个多小时的等待过程中,我们又将舞蹈排演了两遍。我们乘坐的汽车花了两个小时才开到三十公里外的机场,因为被组织去欢迎的人太多,一路上都塞满了车。在机场又等了大约两个小时之后,齐奥塞斯库的专机才缓缓降落停稳。又过了一个多小时,齐奥塞斯库才在大批省市领导的簇拥之下从我们的表演队伍前面经过。我们激动地挥舞着手中的彩带,将我们花三个月的时间排演的舞蹈尽情地表演出来。在从机场回来的路上,我们的两位老师发生了争论。他们一个说齐奥塞斯从我们队伍前面走过所用的时间不到一分钟,而另一个则说不止一分钟。他们争得面红耳赤。准确地说,我并没有"看见"齐奥塞斯库的脸。因为在尽情舞蹈的过程中,我只偷偷瞥了他一眼,而在那个瞬间,他挥动的手刚好挡住了他的脸。那是我非常熟悉的脸,因为我们教室的墙上就张贴着他的头像。一九八九年,当我从CNN的电视节目中"看见"齐奥塞斯库和他的妻子被执行枪决之后倒在墙角的画面时,曾经伤心地流下了眼泪。我伤心一去不复返的少年时代……我并没有向我的朋友提起这些往事。尽管他对社会主义国家的内幕有丰富的知识,他大概也很难理解我们那一代中国人少年时代的特殊经历和感受。接着,我的朋友说起了他最近在莫洛托夫的谈话录中读到的一段轶事。他说当年齐奥塞斯库因为盗窃而入狱之后正好与罗马尼亚共产党领袖乔治乌·德治关在一起。盗窃犯后来协助乔治乌·德治成功越狱,并从此成长为一名伟大的共产主义战士。他深得乔治乌·德治的信任,很快变成了他的接班人。我的朋友说《遗弃》小说主人公写的那篇题为《革命者》的小说好像来源于真实的生活。而在我看来,这恰好是生活来源于艺术的又一个证明。"生活来源于艺术"既是我的艺术观又是我的人生观。不过这一次,艺术并没有为生活提供足够的准备,因为在小说中,计划好的越狱因为死刑的提前而被迫取消了,与革命者同牢的小偷并没有获得参加革命并且在历史上飞黄腾达的机会。

这来自地中海北岸的电话使空气变得更加沉闷。我干脆坐了起来。我拿起枕头旁边那本布龙斯伯里写的托马斯·曼的传记随便翻动起来。我翻到了标号为二十七的那一章。在标题为《沉默的规则》的这一章的最前面,作者引用了托马斯·曼作品全集第四卷里的一段话。我反复吟诵着这一段文字。突然,我觉得左脚膝盖的疼痛变得微不足道了……"如果死亡意味着从以前的生活中消失,意味着永远都不被允许也不可能去打破沉默,那么,一个人是可以在活着的同时也死去的。"

一个人可以"在活着的同时也死去",这种说法让我感觉有点恐怖。这时候,如果不是电话铃声又响了起来,我真不知道自己会不会……这次来电话的人是我的朋友 X。他说他突然觉得非常寂寞。我诅咒了一下糟糕的天气。不！X 说,不能怪天气,要怪他的外公。我问他为什么。X 说,十年前他外公在去世的前夕曾经给他讲过一段连他母亲也不知道的家史。当时,X 做了详细的记录。但是,接踵而至的重大历史事件分散了 X 的注意力,那份记录被扔在了一边。不久前,在整理旧稿的时候,他才重新读到这份十年前的记录。重读令 X 突然觉得"非常寂寞",因为这记录不仅让他突然懂得了家史,也让他突然懂得了历史。他觉得"非常寂寞"。他很想让我也读一读他的记录。"其实……"他说,"我真正想的是请你为我润色一下,将它变成一篇可以发表的作品。"我没有接受他的请求。我说我完全不在状态,我说到天气、膝盖、阴郁和失眠等等。"也许它需要的正好就是这样的状态。"X 说。"但是,"我坚持说,"在这种状态下,我的思想无法集中……有时候我甚至连气都提不上来。"X 没有理会我的拒绝。他说他马上会将那份记录快递过来。

第二天中午,我就收到了 X 快递过来的"家史"。我连续工作了三天,将它变成了一篇可以发表的"作品"。我最得意的是我为这篇作品选定的标题:《一段被虚构掩盖的家史》。下面的宋体部分就是这篇由我协助完成的"作品"。

"日本人烧掉了我们家的房子。"我外公这样开始他的叙述。他的目光极为沉静,他的神色极为庄严。我从来没有看见过他的脸上出现过如此高贵的表情。这种表情也许就是觉醒的标记。他知道自己的时间已经不多了。他突然决定打破他一直精心守护着的沉默。自从看到他父亲尸体的那个清晨,我外公就变成了一个沉默寡言的人。那是只有死亡才可以从他的记忆中抹去的清晨。那个清晨让他变成了一个沉默寡言的人。他从此只说他不得不说的话。这"不得不"完全出自外部的压力,而不是他内心的要求。我从来都认为我外公是世界上最乏味的人,因为他沉默寡言,因为他只说"不得不"说的话。不过其他人看到的是他更为内在的特征。他们说他正直诚实,或者说"很"正直"很"诚实。他们说谁也不会因为他而感到威胁和不安。凭着别人对他的好感,我外公一生中幸免于所有的政治运动,躲过了一切的政治迫害。他最后是像一个正常人一样带着绝症,而不是带着屈辱走近死亡的。但是,就在他开始走近死亡的时候,我外公突然打破了他一直守护着的沉默,第一次说出了令我震惊的话。他说他"不得不"说。这一次,"不得不"完全是内心的要求,与外部的压力没有任何关系。我外公的叙述让我理解了他一生的"不幸",理解了他的一生。有意思的是,我外公并没有把他的叙述当成是对生活的控诉。他的声音从容不迫,他的语气平稳安详……整个的叙述听上去就像是一首安慰曲。

这安慰曲是从五十年前的那个黄昏开始的。"日本人烧掉了我们家的房子。"我外公说。他们之所以会那样做是因为他们在接近那座大宅的时候遇到了"抵抗"。其实,那所谓的"抵抗"只是留守的长工朝他们的方向开了一枪。太阳快落山的时候,那个长工看见一大队日本士兵朝着我们家的宅院走过来。他朝他们漫无目的地开了一枪。那是没有造成任何伤害的一枪。枪声让日本士兵迅速散开成一字形,然后慢慢朝宅院这边靠拢过来。那个长工吓得扔下枪,朝宅院后面的小树丛里跑去。他很快就被日本士兵抓了回来。他们将他吊到宅院前的大樟树上。然后,三个士兵退到二十米以外,从不同的方向同时朝他的身体开了两枪。然后,一个戴眼镜的军官朝吊起长工的麻绳开了一枪。长工的尸体重重地掉落到地上。军官的枪法引起了年轻士兵们的一阵喝彩。然后,几个士兵将长工的尸体拖到宅院深处的书房里。那里就是他们开始点火的地方。整个宅院很快就被淹没在熊熊的烈焰之中。奇怪的是,日本士兵并没有在村子里停留,也没有损毁其他的村舍。他们继续西行,轻轻松松地朝县城方向走去了。这一切都是后来听村里的人描述的。他们中的一些青壮年被日本士兵押到宅院前,目睹了枪杀"抵抗"分子的场面。不同的人描述的方式会有点不同,但是关键的细节却非常的一致。村民们对日本士兵放火烧毁我们的宅院并不是特别气愤。他们都认为那不能怪日本人,而要怪那个莽撞的长工。他们都认为如果我们的长工不开那毫无意义的一枪,日本士兵肯定不会放火,甚至都不会在我们的村子里停留。至于我们家长工的死,村里的人都觉得要怪他自己。如果他不开那一枪的话或者他开完枪以后不拔腿就跑的话……村里的人都不同情他。有人说我们的长工被抓回来以后一直在放声大哭,而日本士兵也并没有对他表现出特别的愤怒。他们轻轻松松地将他押到大樟树下。他们连对他进行审讯的兴致都没有,直接就把他吊了起来。那三个士兵在射击的时候也完全不像是在射击一个人,而像是在射击一只猫或者一只鸟。总之,这一切就像是一场游戏……大火一直烧到了第二天清早。尽管日本人离开的时候并没有留下不许灭火的警告,还是没有任何人敢去扑救。是清晨下起的小雨扑灭了最后的火星。那之后,村里的那几个年轻人在瓦砾中寻找了很久。他们想找到我们家长工被烧焦的尸体,却没有找到。村民们并没有觉得这特别奇怪。他们认为这是那个莽撞的长工为整个事件承担责任的特殊方式。

在大火被那场小雨完全扑灭之后两个月,我们家的人才从避难的地方搬回来。三个月前,他们刚一听说日本人已经攻下了位于八十里之外的省城,就匆匆逃往靠近山区的一位远亲家避难去了。他们有五十年历史的巨大宅院只留下那一个长工守护。宅院被烧毁的事,他们远在避难地的时候就已经听说了。我外公说,他母亲对这个消息反应冷淡,而他父亲的反应却相当强烈。他在随后的几天里每天都要为这场灾难痛哭好几次。他一点也没有去责怪那个连尸体都没有留下的长工。他说火是日本人放的,应该谴责的就是日本人。他也有点责怪他自己,责怪自己不应该匆匆离开,跑到那么偏僻的地方去避难。我老外公自己会讲一口流利的日语。他年轻的时候曾经在京都住过两年,得到过那里的一家技术专科学校的文凭,还差一点娶了一位日本妻子。他看见过日本人平静、理智甚至温和的一面。他不清楚自己为什么会在对日本文化有了多年的好感之后突然会对日本人有那种超常的恐惧,甚至曾经能给他的身心带来愉悦的日语都突然让他感觉毛骨悚然了。他不清楚这是为什么。他有点怀疑自己是受了报纸上的反日宣传的影响。那种超常的恐惧让他惶惶不可终日。刚一听到日本人已经占领了省城的消息,他就匆匆出逃了,好像日本人马上会出现在他的跟前。他一点也没有去责怪那个连尸体都没有留下的长工。他甚至责备自己不应该让那个忠实的长工独自留守那巨大的宅院。我老外公违背风水先生的建议,决定在原址重建我们家的祖居。这说明他一点也不忌讳那个长工的下场。他也没有将那个长工的尸体之谜当成凶兆。他从避难地回来之后的第一件事就是在宅院后面的小树丛里(也就是那个长工被日本人抓获的地方)为他修建了一座考究的"衣冠冢"。

我外公说他父亲刚结婚半年就随一个邻乡的朋友去了日本。那一年他还不到十七岁。他在日本结识了不少的中国人。他们中的一些人后来成了推翻清朝的著名革命中的明星,而另一些人却死在了那场革命之中。我的老外公对革命毫无兴趣。他热爱养尊处优的平静生活。他热爱他从他的父亲那里继承得来的那一千亩土地和那一座远近闻名的宅院。两年之后,他回到了那一片土地上。他穿着一身白色的西装,戴着一顶白色的礼帽。最早看见他的女工们跑进里屋去告诉他的母亲,说有一个洋人在朝他们这边走来。他的母亲好奇地走到宅院的门口。她一眼就认出了自己的儿子。她责骂那些女工,责骂她们连少爷都没有认出来。过了几天,邻乡的那位朋友也回来了。他带回了在京都读书时与他同住的那个举止谦恭的广岛女人。我外公说,他父亲后来告诉他,在京都的时候也有一个广岛女人陪他同住,她是邻乡那位朋友的女人的同乡。那个女人还带着她年幼的弟弟。他们是一对孤儿。他们的父母在我老外公到达京都的前一年死于一场瘟疫。但是,我外公说他父亲最后还是下定决心,没有将与他同住两年的女人和她的弟弟带回中国。他担心那会伤害他留在家乡的妻子(他十六岁那年由父亲包办娶来的妻子)。而他的朋友却对自己的原配毫无顾忌。他带回了他的日本女人。结果如他自己所料,对他恭恭敬敬的日本女人与对他同样恭恭敬敬的中国女人相处得极为融洽。这种跨国的融洽成了在我们那一带乡间流传多年的佳话。七年以后,那位邻乡的朋友又卖掉了自己的田地和房产,带着他的两个女人和她们生下的五个孩子搬到上海生活去了。所有这些都是我老外公做不到的。这时候,我外公的语气里不仅充满了遗憾,而且还夹带着淡淡的责备。他说他不知道那一千亩土地和那一座宅院对他父亲到底意味着什么。

"那场大火本来是一个机会。"我外公说。他当时有点感激日本人烧掉了他们的祖居。他觉得他父亲应该利用这个机会彻底摈弃他们代代相传的生活方式,搬到省城甚至上海去住。那时候,我外公已经从武汉大学毕业。大学的生活使他迷上了许多新潮的爱好,比如长跑,比如桥牌。他对英语也有特别的兴趣。他曾经参加大学里一个名为"晨光"的话剧社。他曾经在话剧社排演过的一小段《威尼斯商人》里扮演夏洛克。他至今都背得出许多莎士比亚戏剧里的句子,比如《麦克白斯》里的"Our fears do make us traitors"。更有意思的是,我外公学的经济学。专业的训练给了他一种敏感的嗅觉。他模模糊糊地预感到整个中国社会正处在重大变革的前夕:在不久的将来,对土地的占用会成为一种罪过,而靠地租生活的人会成为国家的敌人。他建议他父亲利用日本人为他们创造的这个机会搬到城里去生活。他相信土地迟早是留不住的,与其被变革的洪水卷走,不如主动转让出卖。他相信扔掉土地的包袱能够在变革到来之际增加应变的能力。我老外公对他的建议大发雷霆。"这怎么可能!"他愤怒地说,"这些土地是我们的祖先世世代代积累下来的,有这些地契为凭,有谁敢随意将它们从我的手里夺走?!"我外公瞥了一眼他父亲紧紧地拽在手上的地契。他慢条斯理地说,连牢固的宅院都可以被大火毁掉,那几张纸又算什么呢?! 我外公的话不仅没有改变他父亲的态度,反而坚定了他在原址上重建祖居的决心。

于是,在那场将永远燃烧在我们家族记忆中的大火被小雨完全扑灭之后两个月,我们一大家人又回到了祖祖辈辈居住的土地上。而祖居的重建早在一大家人回来之前一个月,也就是日本人从我们那一带撤走之后不久,就已经开始。在等待重建完成的过程中,我们一大家人先借住在当地小学的小礼堂里。那时候正是小学的假期,他们的生活没有受到太多的干扰。但是,家里的女人们还是会有不少的抱怨,甚至那些平时很少说话的女工们都会抱怨。遇到这种情况,我的老外公总是会提起十多年前在他们这一带乡间传教的那一对挪威母女。她们那时候就住在这小礼堂后面的阁楼上。一开始,她们垫的和盖的都是干草,条件比起他们这时候要艰苦得多,可是她们毫无怨言。她们是挪威信义会的成员。她们挨家挨户地传教,一年多的时间里却没有能够在周围的这些村子里发展一个信徒,可是她们毫无怨言。我外公说他父亲也没有接受她们的布道,但是他对她们的毅力和耐心非常佩服。他给了她们许多物质上的支持,给她们提供了舒适的褥子和被子等生活用品。后来,他又为挪威信义会在县城修建教堂的计划疏通关系,筹集经费。当然,他是出于敬佩而不是出于理解才做出那一系列善举的。他从一开始就非常敬佩那一对挪威母女的精神,尽管他永远也不可能理解她们的生活。我外公说县城里唯一的那座教堂在日本人撤离之前也被他们当成抵抗组织的据点焚毁了。根据我们县志的记载,那是日本军队对我们家乡犯下的最后的暴行。

祖居重建工程的进度比计划的要快得多。我外公说,在小学秋季开学之前,他们就已经搬进了只有原来宅院规模一半的新居。新居是由我热衷于技术的老外公亲自设计的。至少那间巨大的书房已经没有必要了……珍藏了多年的书籍全部被大火化为灰烬是令我老外公最痛心的损失。不仅仅因为那些书籍就如同他拥有的土地一样,是祖先经过世世代代积累下来的财富,还因为那间巨大的书房本身就已经是他们家族的一个象征。在那些书籍中,有不少是罕见的孤本,比如那三卷刻印于明朝崇祯年间,名为《春宵观止》的画册。那三卷被我外公的母亲称为"罪孽"的画册描绘了画家能够想象出的所有的性交姿势。它是我老外公的一位朋友在十三年前的一个深夜里托人送来的。那位性情孤僻的绅士是全国闻名的藏书家。他在由送书人带来的信件中痛斥世风的没落和道德的沦丧。他预言自己将不久于人世。他说自己的生命不足惜,但是他不想那些价值连城的藏书与他自己同归于尽。他开始将其中的一些极为珍贵的藏品分散到各地的朋友们家中,他恳求他们一定要像爱护生命一样爱护这些稀世珍宝。藏书家对前途的悲观与他家乡当时正风起云涌的农民运动有关。为了保护举世闻名的藏书楼,他组织起了一支地方武装,想抗衡由农会组织的自卫队。但是,他很快就意识到农民运动已成燎原之势,已经势不可挡。他开始将藏书楼里的珍藏分散到比较平静的地区,托付给相当可靠的朋友。我的老外公是他选中的朋友之一。藏书家的预言很快就得到了证实。一天清晨,他组织的地方武装被一支与农会联系上的红军部队击溃。藏书家的公审大会就在他苦心经营多年的藏书楼前举行。大会开始几分钟之后,他就作为"十恶不赦的劣绅"被农会主席判处了死刑。农会主席在宣判之后,首先下令焚烧藏书楼。他知道与身首异处相比,那藏书楼的焚毁场面是对藏书家更重的刑法。熊熊的烈焰博得了群众一阵阵的喝彩声。这时候,农会主席的一个意想不到的举动将公审大会推向了高潮。他握紧大刀走到了藏书家的身边。面对震耳发聩的"杀"声,他没有用大刀砍下藏书家的头,而是挑断了捆绑着他的麻绳。他示意群众安静下来。他宣布说他准备"放生"。果然,他马上就示意揪着藏书家肩膀的那两名骨干分子松开他们的手。藏书家像迷惑不解的群众一样迟疑了片刻,然后突然踉踉跄跄地朝烈火中的藏书楼跑去，最后毫不犹豫地跑了进去。群众马上就明白了农会主席"放生"的妙义，叫好声此起彼伏，响彻云霄。

我外公说他父亲性情温良，加上风起云涌的农民运动没有波及他们世世代代居住的土地，他不可能理解他那位性情孤僻的朋友的危机感。在给他的回信中，他一方面安慰他说乱局一定很快就会过去，同时他也保证一定会收藏好他托付的稀世珍宝。而听完他惨死的全部经过之后，我老外公吓出了一身冷汗。他突然起身走进了书房。他后来告诉我外公，他当时有一种奇怪的感觉，以为那三卷珍贵的画册会随着藏书家死讯的到来而消失。他很快就从书房里走了出来。他看到无家可归的稀世珍宝还静静地摆放在书架的顶层。我外公说他从来没有见过他父亲的任何收藏，包括那三卷画册，因为我老外公从来不允许任何人走进他的书房。只是到了书房被大火焚毁之后，到了所有的书籍都已经灰飞烟灭之后，我老外公才陆陆续续告诉我父亲他自己有过一些什么重要的藏品。我外公说他父亲记得自己所有藏品的所有细节。他的记忆就像是一堵防火的墙。

我外公有一次安慰他的父亲说，也许那一队日本军人中间也有一位藏书家。他们不是迷上了他的书房吗？……他们将"抵抗"分子的尸体拖进了书房。他们又从书房开始点火。也许在放火之前，那三卷画册已经被转移进了那位藏书家的背包……这种说法没有给我老外公任何的安慰。"这跟被火烧掉又有什么不同呢?!"他说。我外公说当然不同。如果它还在世界上，后代就还有机会看到它。"可是我失去了它。"他的父亲大声说，"我!"那充满愤怒的"我"字让我外公很多年之后想起来都浑身发抖。

在祖居被焚毁将近三年之后的一天，美国人在日本扔下两颗原子弹的消息传到了我们的祖居。日本战败的消息也接踵而至。那两颗原子弹中的一颗扔在了广岛。那是一座令我老外公心酸的城市。那位三十六年前陪伴过他的日本女人正好就来自那座城市。当时她经常躺在我老外公的身边给他背诵在她家乡广为流传的那首下流的民谣，引他发笑。后来，我的老外公一点都不记得那首民谣的内容了，可是，他还清楚地记得他的日本女人背诵那首民谣时的表情以及他自己愉快的反应。我老外公是在听到原子弹爆炸的消息的当天才第一次向我外公提起了自己在日本的那一段特殊的往事，那一段"艳遇"。我外公说从我老外公平缓的语气里他知道那个日本女人在他生命中留下了多么深的痕迹。他说，他父亲相信那个曾经给他带来过"真正的快乐"的女人在原子弹爆炸的时刻正好就在广岛。他相信，她最后就像他的那个长工一样最后连烧焦的尸体都找不到。"当初真应该把她带回来。"他用平缓的语气说。

原子弹的威力还让我的老外公又想起了那三卷珍贵的画册。如果它们真是被那队日本军人中的行家带走了,最后也可能流传到了广岛,那又会怎么样呢?他向我外公问了这样一个奇怪的问题。我外公不知道还能怎么安慰他。他说:"所有东西最终都是留不住的。"我的老外公对这句话非常敏感。他将这当成是我外公对他的又一次暗示或者挑战,关于土地的暗示或者挑战。他马上中断了他们的谈话。他不相信他留不住自己从祖先那里继承下来的土地。

日本人在受降书上签字之后的第二个星期,我老外公的一位老朋友派人来找他,希望他能去省城参与处理我们省包括战俘遣返在内的善后工作。我老外公对他这位在政界混得很好的朋友评价不高,对在他的手下工作更没有兴趣。但是他的这位朋友再三派人请他不成之后,自己亲自上门来了。我的老外公抹不开面子,终于答应了他的请求。但是他在时间上讨价还价,只答应去很短的一段。"这是他致命的一次离开。"我外公说。说到这里,他的眼睛里开始闪烁着伤心的泪水。

我外公说他父亲本来没有必要告诉任何人自己那一次外出

的目的。但是他在出门前一天吃晚饭的时候还是向家里人简略地说明了两句。这件事当然很快就传了出去。正像他自己坚持的那样,我老外公只去了很短的一段时间就回来了。关于他在省城里的经历,他本来也可以什么都不说。但是在回来的那天晚上,他还是兴致勃勃地说起了那一段匪夷所思的奇闻。他说有一天在战俘营里,一个日本军官喊出了他青少年时代用过的名字。"你怎么会认识我?"我的老外公问。"你耳垂上的那颗黑痣。"那个军官指着我的老外公说。他说他小时候就对那颗黑痣非常着迷……原来他是他在日本留学时的"一位朋友"的弟弟。我外公说他父亲在提到"一位朋友"的时候,朝他瞥了一眼。他马上就知道了那位朋友的身份。我外公说当时他觉得生活真的有点不可思议。这好像是与他关于什么都"留不住"的看法相反一样,好像什么都"丢不掉"一样。我外公还马上意识到了汉语便于隐藏性别的好处。当他父亲用第三人称谈论他的那位朋友时,周围的人并不知道他谈论的是男人还是女人。我老外公接着告诉大家,他从那个军官那里得知,他的那位朋友后来的确是回到广岛去了,而且生活过得非常糟糕。"土地是生活的保障。"我老外公深有感触地说,"没有土地的人生活最后肯定都非常糟糕。"我外公很清楚他父亲说这句话的用意。他甚至怀疑他就是为了要说这句话才说起了自己在省城里的这一段不该说出的经历的。我老外公说他后来给了那个日本军官一笔钱，托他带给他的那位朋友。那个日本军官开始不肯接受，他说他不相信我老外公的那位朋友还在人世。可是，我老外公坚持要日本军官收下了那笔钱，他说如果他的那位朋友不在人世了，钱就算是他给日本军官本人的了。他说他已经想起了他小时候那种可爱的样子。他说他希望他将来也能够生活得很好。这件事也很快就传出去了。我们那一带所有村子里的人都知道我一贯乐善好施的老外公又做了一件善事，而且是对与他有国恨家仇的日本人做的善事。三年前，我们的祖居被日本人烧了，而日本人战败之后我老外公却对日本军官行善……这种事超出了人们的理解力，所以传得特别远，传得特别快。

将近五年之后，我的老外公才听到自己兴致勃勃地说出来的这一段奇闻的回音。那时候，全国已经解放。那时候，我们县的"土改"工作领导小组已经成立。一天深夜，几个手持器械的年轻人冲进了我们家的宅院。他们中间为首的是那个被日本人枪杀和焚尸的长工的侄儿。我老外公还记得他。三年前，因为家乡遭虫灾，他曾经来找过我的老外公，并且得到了比他预想的多出一倍的帮助。那些年轻人直接冲进了我老外公的卧室，将他从床上拖下来,用麻绳捆绑起来。我外公问他们要干什么。"这个汉奸与日本人勾结杀害了我的叔叔。"长工的侄儿说着,用力将我外公推倒到地上。我外公马上爬了起来。他跟在那些年轻人的身后,问他们到底要将我老外公带到哪里去。"我们要将汉奸押送到县监狱去,"长工的侄儿说,"等候人民政府的严肃处理。"

在整个后半夜,我外公一直都情绪激动地坐在我老外公的床边。他在心里不停地责备自己的父亲不识时务。在政府军惨败的消息不断传来的时候,我外公又多次建议我老外公卖掉土地去省城里暂住一阵,静观局势的发展。他们一些精明的亲戚已经携家带口逃往香港或者台湾了,其中包括我外公那位生性胆怯的表舅妈。她是二十六岁就守寡的年轻寡妇。她在解放军进驻我们县城之前一星期就独自拖带着五个未成年的儿女成功地逃到香港去了。我外公的建议仍然遭到了我老外公的拒绝。在共产党的胜利已经没有任何悬念的情况下,我的老外公仍然不肯卖掉自己的那一千亩土地。他仍然固执地说:"谁也别想夺走我的祖先们留给我的土地!"我外公与他父亲关于土地的最后一次争论就以我老外公这最后的吼叫结束。

第二天一早,我外公就赶到了破烂不堪的县监狱。它看上去就像是一座私牢,而不像是一个正规的执法机构。我外公给我老外公带去了一些衣服和食物。但是,在监狱的接待室里等了两个小时,他也没有等到出来接待他的人,而站在接待室门口的那个满脸凶相的看守根本就不回答他的任何问题。就在我外公准备放弃的时候,长工的侄儿出现了。他示意我外公跟他走。他将我外公带到了一间只摆着一张烂桌子的审讯室。然后,他一把夺过我外公手里的衣服和食物,忿忿不平地离开了。没过多久,一个手持木棍的中年人走了进来。他在我外公的面前走来走去,让我外公老实"交代"。我外公向他解释说我老外公不是汉奸,也不是杀害长工的恶霸。中年人对我外公的解释极不耐烦。他突然用手里的木棍顶住我外公的鼻尖,大声吼叫起来。"我不想听你的解释,我要的是你的交代。"他大声吼叫着说,"你要交代你们家的黄金到底埋在什么地方。"我外公这时候才恍然大悟:原来汉奸和杀害都不重要,重要的是"黄金"……那些人抓走我老外公原来是为了"黄金"。我外公非常清楚,家里根本就没黄金。我老外公既要养家又要藏书还要行善,家里根本就没有多少闲钱,从来就没有多少闲钱。我外公马上"交代"说我们家里除了土地和房屋之外,最值钱的东西就是那些被日本人付之一炬的孤本了。中年人对我外公的"交代"同样极不耐烦。"你们好像已经立下攻守同盟了。"他说,"这没有用。谁都知道你们家有黄金。你们矢口抵赖也没有用。"我外公用平和的语气说他和他父亲之间没有攻守同盟，他们只是在陈述同样的事实。那个愤怒的中年人对我外公的这种说法也同样极不耐烦。他又用手里的木棍顶住了我外公的鼻尖。"不要忘了你们那座宅院里发生过的那些怪事。"他说，"为什么长工的尸体会在书房里被烧得无影无踪？为什么老汉奸要在晦气十足的废墟上重建新居？为什么老汉奸不再建一座同样大小的书房？还有，为什么老汉奸一回来就先建一座衣冠冢？……这些怪事都说明黄金的存在，而且就埋在你们祖居的地下。"我外公从来没有将大火之后家里发生的"怪事"这样联系在一起过，他更不理解这种联系怎么可以用来说明黄金的存在。他觉得眼前的中年人完全无法理喻。他也突然觉得语言本身不可理喻。他什么都不想说了。"好吧，你像老汉奸一样不说话了。这也没有用。"那个中年人说，"你们不说出来，我们就把它打出来，你们等着吧。我们都可以把蒋家王朝打垮，还怕打不垮你们这些小小的土豪劣绅？！"

我外公说那天面对着那个无法理喻的中年人，他突然感觉到了语言的不可理喻。那天晚上，他一整晚都没有睡着。他蜷缩在床角。他对语言的恐惧盖过了他对前途的绝望和他对他父亲现状的担心。我外公说那是他一生中第一次对语言充满了恐惧。这种由一个县监狱的看守带给他的对语言的恐惧与他从莎士比亚那里获得的对语言的敬畏正好形成了强烈的对比。与敬畏相连的是美与崇高,而与恐惧相连的是丑与龌龊。我外公说他的恐惧集中在语言的那种霸权,那种能够"说"不存在的东西存在,或者"说"存在的东西不存在的霸权。我们家的地下没有黄金,我们家里没有黄金……可是,那个人却说肯定有,一定有。而且,他还要我的老外公和我外公(也就是知道"没有"的人)也说有。问题是,对那个人来说,这仅仅是一个语言问题。他不需要自己来证实他说的"有"。而对我们家的人来说,这不仅是一个语言问题,还是一个道德问题和一个法律问题。如果他们坚持说实话,也就是坚持说"没有",在那个人看来,他们就是撒谎者,他们就在做假证;而如果他们改口说假话,也就是改口说"有",那他们不仅首先知道自己是撒谎者,是在做假证,而且因为他们不可能证实他们说的"有",永远也不可能,对那个人来说,他们就仍然是撒谎者,就永远在做假证。对我们家的人来说,这不仅仅是语言的悖论,也是处境或者说存在的悖论。当然,这更是一个革命的悖论。革命往往是通过语言的悖论来完成的。无数人要为这血腥的悖论付出生命的代价,然后新的权威确立了,然后新的腐化泛滥了,然后新的悖论出现了……我外公第一次清楚地看到了语言与革命之间尴尬又丑陋的关系。他的发现让他身心俱裂。毫无疑问,语言不仅是一个句子,一串声音,语言还是一种行动。语言在行动!这将是已经到来的革命时代最重要的特征。生活将完全不同了。语言的悖论将颠覆绵延了那么多世纪的平静与和谐,那种以土地为中心的平静与和谐。革命时代将充满了触及灵魂的动荡,而一切的动荡又都始于语言的悖论,并且将创造出更多的语言悖论。这种绝望的清醒让我外公马上找到了安身立命之本。他知道,沉默是能够让他躲避一切风暴的最坚固的掩体。他知道,沉默就是他的安身立命之本。整个晚上,我外公都无法入睡。他回想起他的父亲在被押往县监狱去之前失去了那几次机会。我们一家本来是可以逃过这人为的劫难的啊。他知道他现在已经没有选择的余地了。现在他已经深深地陷在了悖论之中。他不能不说,又不能说。他说"有"当然是撒谎,他说"没有"也同样会被认为是撒谎。我外公知道等待他父亲的将是不堪忍受的折磨。但是,他无能为力。他们都无能为力。也许只有奇迹能够将他们救出这生存的困境。

事情一直拖了四个多月……奇迹没有发生,冬天却照常降临。那是我们一家人生活最窘迫,感觉最绝望的冬天。我外公说,在那四个多月的时间里,他已经在悄悄地开始准备自己今后的生活。对语言的恐惧已经让他下定了"重新做人"的决心和狠心。唯一妨碍他行动的是他父亲的案子还没有了结。在那四个多月的时间里,我外公只被允许去见过他父亲一面。他的惨状让他不敢贸然行动。他知道他父亲在受尽折磨之后神智已经不清楚了。他知道他父亲在神智不清楚的状况下终于说出了"实话"。那些年轻人根据我老外公的"实话"多次来我们家的祖居挖掘。他们挖开过那个长工的衣冠冢和我们家的祖坟,他们挖开过床铺下面的地、炉灶下面的地甚至粪池下面的地。每次挖掘的过程中,我外公都被长工的侄儿逼迫着充当最主要的劳动力,而每次挖掘之后,我老外公都要遭受新一轮的折磨,都要被迫吐出与原来的"实话"不同的"实话"。就这样,事情一直拖了四个多月。

事情一直拖到了大年三十的清晨。一只乌黑的老鹰出现在我外公的噩梦里。它在我们祖居的上空盘旋了九圈之后,俯冲而下,穿过屋顶,叼走了我年幼的母亲。我外公吓得坐了起来。他吓出了一身的冷汗。这时候,他仿佛听见有人在他的窗棂上敲了两下。紧接着,他又仿佛听见了那寒风中夹带着的喊声……"汉奸回来了!"……那喊声转瞬又消失在寒风之中。我外公迅速下床,冲到了门口,将门打开。穿过漫天的雪花,我外公远远看见了抛弃在早已经枯死的大樟树旁的那具尸体。他连棉衣都没有披上就激动地冲了出去。他跑到尸体跟前的时候,已经泪流满面了。他在我老外公枯瘦如柴的尸体前跪下。我老外公在被带走的那天仍然非常健壮的身躯在我外公的头脑中一闪而过。他嚎啕大哭起来。他嚎啕大哭着脱下自己的睡衣,盖住我老外公只套着一条破烂短裤的尸体。他光着身子跪在雪地上。他对寒冷已经没有任何感觉了。他好像进入了最纯净的虚无,最绝对的虚无。世界是那样的宁静,那是虚无中才可能有的宁静。我外公用冻僵了的手指抚摸着他父亲没有感觉的脸。他的目光充满了温情,就好像他正在抚摸自己熟睡的孩子。他觉得那是他一生中与他父亲最亲密的时刻。就在这时候,六声枪响打破了虚无般的宁静。我外公说他听得很清楚,是六声枪响。我外公紧张地环顾了一下四周。四周是白皑皑的一片,是最纯净的虚无,没有任何人影。正在他纳闷的时候,第七声枪响了。紧接着,我外公听见了"砰"的一声,有什么东西从大樟树上掉下来,正好掉到了他父亲的尸体上。我外公端详着他父亲的脸,觉得那已经不像是他刚才看到的那张脸了。他再一次嚎啕大哭起来。

在清洗我老外公尸体的时候,我外公突然想到了我老外公为那个长工修建的衣冠冢。他突然也好像理解了那七声枪响的奥秘。他意识到那衣冠冢就是我老外公为自己准备的墓穴。他用一床旧席子将我老外公的尸体包裹好,将它埋进了那座衣冠冢里。

当天晚上,我外公就带着一家人逃离了他父亲一直不肯离开的土地。他已经不可能往南向境外逃去了。他选择了相反的方向。在他熟悉的汉口逗留的时候,他听说东北将成为全国重工业的基地,那里的许多大工厂都很需要各种人材。他就带着一家人一直向北方逃去。

我外公说他很快就在热火朝天的东北找到了一份工作。在履历表上,他将自己变成了另外一个人。那个人与他自己只有性别和年龄上的相同。那个人出身于城市贫民,很早就失去了父母,由一位更为贫困的远亲养大。后来,那位远亲突然病逝,那个人第二次成了"孤儿"。后来,他在一家布店当学徒。学徒期满之后,布店老板资助他在一所普通的专科学校学了一年的会计课程。他在布店做了半年的会计之后,那家布店毁于一场大火,布店的老板也葬身火海……我外公申请到的就是一家大企业财会处的普通职位。他平时沉默寡言,谨小慎微。他工作兢兢业业,任劳任怨。在三十多年的工作中,他居然没有一分钱的错账。同事们对他的工作和人品都有很高的评价。他的"诚实"更是被所有的领导和同事称为典范。说到"诚实"这个词的时候,我外公的脸上出现了轻蔑的笑。我从来没有在他脸上见过这种充满反叛精神的笑。我一直认为我外公是世界上最胆小和最乏味的人。而他轻蔑的笑显示出了他内心深处的骄傲。这骄傲突然拉近了我们之间的距离。"孩子,你已经知道了,"我外公握紧我的手,极为严肃地说,"我的诚实是建立在不诚实的基础上的。那不诚实保住了我的品性,也保住了我的生命。我的生活就是这样的一个悖论。为了逃避语言的悖论,我的生活就成了一个悖论。"

我外公说他生命之中最后这将近四十年的生活就像是他自己在写作的一部小说。他说莎士比亚说得对,世界就是一个舞台。他在这个舞台上不停地虚构自己的生活细节。他离他原来的生活越来越远了,他离他祖居的土地越来越远了,他离他的父亲越来越远了,他离日本人点燃的那一把火越来越远了……我外公说在虚构的世界里生活与在真实的世界里生活同样需要谨小慎微,或者说更加需要谨小慎微。我外公说他有时候甚至觉得虚构的世界比真实的世界更加真实,更加可怕。

我外婆是这个世界上唯一知道我外公真实身份的人。我外公说她五年前去世之后,他自己就完全像一些小说前面声明的那样,变成"纯属虚构"的人物了。我外公说他现在同样处于一个语言的悖论之中:一方面,他觉得自己的时间已经不多了,所以他"不得不"公开自己的身份;另一方面,他其实又无法公开自己"真实"的过去,因为已经没有任何人可以为那"真实"作证了。这应该是我外公一生中遭遇的最后一个悖论。他显得非常激动,他用双手握住了我的右手。"孩子,你现在什么都知道了,你会相信我说的这些吗?"我外公激动地问,"你会怎么看我?你会觉得哪个我离你更近,那个真实的我,还是那个虚构的我?"

还没有等到我的回答,我外公又接着说:"有时候我觉得自己背井离乡改名换姓是最大的'不孝'。我觉得对你老外公来说,这可能比失去祖辈留下来的土地是更大的羞辱。在我进入虚构状态之后,我就不再是我父亲所知道的我了。虚构让我失去了自己,也失去了父亲。现在,我只是在记忆中——在我自己的记忆中——还是儿子,还是他的儿子。"我外公激动地用右手的手背抹去满眼的眼泪。"当然,在血液中也是……"他接着说。

"你是我的外公。我最真实的外公。"我平静地说,"从来就是。永远都是。"

我外公又用双手握紧了我的右手。"谢谢你,"他激动地说,

"谢谢你这么说,我知道你会这么说。"

等我外公的情绪稳定下来之后,我们又继续讨论了一下这一段被虚构掩盖的家史。我外公说土地和语言是我们家庭悲剧的根源。他说土地太重了,人永远也背不动它;而语言又太轻了,人从来就抓不住它。他说这最重的和最轻的东西都是魔鬼的鸦片。它们蒙蔽人的感觉。它们麻醉人的神经。它们让人看不到潜伏在历史中的威胁。"你老外公到死了也没有明白这一点。"我外公用充满遗憾的口气说。

说完,我外公又轻轻地闭上了眼睛。我打量着他均匀而虚弱的呼吸。我不知道在将近四十年的沉默中,他为自己的心灵留下了一个什么样的窗口。我不知道通过那个窗口他看到的是什么样的风景。那是任何人都无法干预或者干扰的观看。那是没有任何风险的观看。那是唯一能够再现他曾经有过的"真实"生活的观看。我不知道。我不知道从那个窗口,他是否能够看到那个白皑皑的清晨,那个跪在雪地上的儿子,那个永远留在了自己无法舍弃的土地上的父亲……我外公说,哪怕是在虚构的岁月里,他也总是在默默地背诵莎士比亚。我不知道他是否还记得《麦克白斯》里面的那句著名台词。现在,生存还是毁灭对他已经不再是一个问题了。甚至时间也不是一个问题了,因为医生已经告诉我们,他的时间已经不多了。我外公自己也清楚这一点。他说他现在连恐惧也没有了,对语言的恐惧,对真实的恐惧,对生命的恐惧都突然消失了,就像那个长工的尸体一样……没有恐惧,他就不会有背叛的感觉。当他将被虚构掩盖的家史暴露在语言之中的时候,他没有再一次背叛的感觉。

我外公最后说他这将近四十年的时间里一直为自己的父亲最后那四个多月所受的折磨感到难过。他一直觉得那是我老外公一生中遭受的最大的不幸。但是现在,当他自己躺在病床上,清楚地看着死神一步一步地向他靠近,他才明白了死亡的方式其实没有优劣之分。我外公说我老外公死在了自己不能放弃的土地上,这也许就是他的幸福。他最后遭受的折磨也许就是他获得这幸福的必经之路。

"其实,死亡才是最大的谎言。"我外公最后说,"它抹杀一切,掩盖一切……在死神的眼里,其实没有真实的生活,全部的生活其实都是虚构的。"说到这里,我外公又轻蔑地笑了笑。他说他已经立下了遗嘱,要求在他死后不要举行任何形式和任何规模的仪式,他不想在虚构的世界里再留下更多的痕迹。他说死亡对虚构的生命来说已经是最高的荣誉了。"正是这殊荣使生命回归了绝对的真实。"我外公最后说。

这一整天都非常潮湿,地面上和墙壁上始终覆盖着一层薄薄的水渍。天黑以后,湿气好像收敛了一点,不过空气还是显得非常沉闷。雨季已经到来。这样的天气还将维持一个月左右的时间。在这一段时间内,我左脚的膝盖将持续地疼痛。疼得最厉害的时候,我真想把整条腿都给锯掉。疼痛将我推到生命的边缘,好像一切都马上会成为过去。入睡之前的感觉最为强烈,我总是觉得我不会再醒过来了。这种感觉令我无法入睡。我在床上翻来覆去,心情阴郁。有时候我试着为自己编造一些下流的笑话,想以此缓解一下由疼痛带来的骚动。可是我笑不起来,一点也笑不起来。阴郁的心情压迫着我的神经,令我笑不起来。黄昏的时候,我已经将根据X的家史修改成的"作品"给他寄回去了。因为膝盖的疼痛,我在去邮局的路上走得很慢。一个年轻的姑娘向我投来了同情的目光。她好像想问我需不需要什么帮助,但是她最后却什么也没有说。我不在意她的放弃。她的目光已经给了我很大的满足。我稍稍加快了自己的步伐。我很高兴生活中还会有留意我和我留意的目光。在邮局,我差一点忘了将我给X写的那封信也一起塞进信封。我在信中解释了我为什么要删掉X认为非常重要的那几个细节。我还特别说明了一下我为这篇作品选定的题目,它让我非常得意。同时,我还给X建议了几家杂志,我觉得它们有可能会对这篇作品很感兴趣。我提醒X就把这篇作品当作是他自己的作品,不要再提及我的参与。我说我这样提醒他其实是为我自己着想。寄出这篇作品之后,我就不想再跟它有任何关系了,因为这离奇的家史给我带来了更坏的心情。人类生活与人类历史的分离经常令我感到困惑。现在,人们对历史已经没有什么兴趣了。可是历史本身也的确非常阴暗。就像漫长的雨季一样,它总是带给我很坏的心情。这种坏心情已经对我的生命构成了威胁。所以我请求X在收到"作品"之后,不管是不是满意,都不要再跟我谈及它了。至于困扰我的坏心情,我想它会随着雨季的过去而过去。我真的希望自己能够慢慢地好起来。我相信自己会慢慢地好起来。

老 兵

Only the dead have seen the end of war.

George Santayana

排长仍旧坐在屋门口的那张小靠椅上。刚才到现在是不可捉摸的一瞬间,大概经过了四十年。现在有很浓的雾,几步以外就什么都看不清了。但是,排长肯定看见了两里以外的那三亩稻田,他仿佛一座伤心的雕像。这一带本来一直都风平浪静,刚才却突然飞来了一群怪物,把几乎成熟的稻田洗劫一空。这一回真的没有什么指望了。排长看透了眼前的雾,看得没有指望了。这与刚才不同。刚才战争突然爆发,一队人跟着那个满脸堆笑的陌生人开赴前线。总攻还没有开始,队伍就已经损失过半。那些死去的士兵中,包括了排长的所有同乡——他们一个也没有剩下!但是,队伍似乎并不打算后撤。"要到什么时候才能够回家呵?"排长问道(这时候他还只是一个小兵)。"等战争结束了。"陌生人说。"可战争什么时候才能够结束呢?"排长又问。"谁知道呢?"陌生人笑着说,"我已经打了大半辈子的仗呢!"排长恐惧地盯着他。"是不是一定要等到我死了,战争才会结束呢?"他绝望地问。这时候正好有一枚炮弹在离他们二十米左右的地方爆炸了。他们都无动于衷。"只要你活着,战争就总是……"陌生人还没有说完,一切就都结束了:总攻的号角吹响了,陌生人拼命往前冲去。排长紧跟在他的身旁。他心想,他自己永远也不可能像陌生人那样奋不顾身。他必须活着回去,为了他夹在钱包里的那七份遗书。跟着陌生人出来的八位同乡那天晚上凑在一起,写好了自己简短的遗书。遗书一式七份,分别交给了自己的七位同乡。"谁活着回去,就请把它带给我的父母。"他们都这样说。排长不可能像陌生人那样奋不顾身,但他还是紧跟在陌生人的身旁。他反复思考过陌生人的传奇经历,总觉得出生入死又安然无恙的人应当被一种神秘的力量保佑着。他的那些同乡都不敢靠近陌生人,所以他们一个个都倒下了。不过,这一次是一个例外。陌生人栽了一个跟头,好像还惨叫了一声,然后就倒下了。他的身体好像动摇了整个大地。排长也被沉重地震荡了一下,跌落到了地上。过了不知道多久,四十年或者一瞬间,排长醒了过来。他先是闻到了一股带血腥味的硝烟,接着,他发现自己的四肢还能活动得很好。刚才发生了什么?……排长记起来了,那好像是他痛苦的出生。他痛苦地挣扎着,想离开母亲的身体。他终于成功了。可怜的母亲就伴随着他的成功离开了人世。据说在临盆之前,排长的父亲曾经痛打过她一顿。她以为其中的一脚已经踢碎了自己的孩子。很快,继母就出现了。她温暖着排长童年的记忆……但是刚才,排长显然是重温了他与自己亲生母亲在这个世界上的短暂相处以及他在这个世界上经历的第一次死亡。这提醒了他。他迅速撑起身子:陌生人果然就倒在不远的地方。排长爬过去。他发现子弹是从上颚打进去,又从头顶上飞出来的。"这一下好了,这一下战争终于结束了。"排长说着,流下了绝望的眼泪。接着,他在陌生人口袋里翻找了一阵,结果却什么也没有发现。这真是一个奋不顾身的家伙,排长想。他完全坐了起来,他环顾四周,又觉得并不是特别记得刚才到底发生了什么。要回去,这倒是肯定的,要马上回去,排长想。陌生人的头正朝向橙色耀眼的落日。是的,这也没有错。天刚蒙蒙亮的时候,他们这一大队人就跟着陌生人出发了。他们像马蜂群一样离日出的地方越来越远……排长摸了摸自己的上衣口袋,钱包还在。他站起来。"是你将我带出来的。"他自言自语,"好吧,现在让我把你背回去。"他背起陌生人,背对着壮观的落日,朝他们出发的地方走去。是的,当时他感到自己非常虚弱。他觉得自己已经失去了一切。真的没有任何指望了……他固执地走着走着,不抱任何指望。最后,他居然回到了他们的大本营。人们热情地欢迎他。又因为一直紧跟在陌生人的身旁并且最后又将陌生人的遗体背回了驻地,他得到了一枚很别致的勋章。从此,他就成了排长。
"不。"排长说,"还是让我回家吧。"他不想做排长。他只想回家。
"等战争结束了,我们就都会回家的。"又一个陌生人笑着对他说。世界上怎么有这么多陌生人呢?世界上怎么有这么多爱笑的人呢?排长沮丧地想。他摸着口袋里的钱包,不再多说什么。所有这些事情肯定比刚才稻田里发生的悲剧容易理解,因为至少还有"勋章"和"排长"。现在是真的没有什么指望了,比如那群怪物是什么?那浩劫的场面令人心惊胆颤。有一刹那,排长以为那是他的那些没有能够活着回家的同乡。他们一起唱着歌,满怀希望地跟着陌生人出发了。他们不知道他们再也不会回来。排长刚才正在小树林里打盹。他突然听见有人在喊他:"喂,排长,结束了,战争结束了。"他根本不相信,因为他还活着。不过那个后来的陌生人接着也走了过来。他笑着说:"现在,我们都可以回家了。"这是真的。排长觉得自己好像是被人愚弄了一场一样,他就带着这种灰暗的心情回到了自己的家乡。他对那一群追着他要听战斗故事的孩子们一个字也不说。他面带着微笑,好像自己也变成了一个陌生人。后来,那些同乡们的父母涌到了他的跟前。排长的脸色突然一变,变得死气沉沉。他从钱包里取出七封遗书,分别交给各自的父母。房间里顿时泣成一片。排长极度痛苦地站在那里,好像是在接受一场审判。这时候,他突然发现自己的父亲和继母也在伤心地哭着。他们又是为了什么呢?他不安地想。突然,那些父母们一齐伸出手来,抓住了排长的衣服。"还我的儿子!还我的儿子!"他们哭着喊着,"还我的儿子!还我的儿子!"……排长的父亲和继母被挤到了门边。他们望着被逼近墙角的排长,不知所措。"你为什么能够活着?"突然有人这样问道,"你为什么能够活着?"这个问题把排长惹火了。他奋力拨开人群,气急败坏地朝门外走去。排长走了五年或者一瞬间。他走到很远很远的地方去了。他边走边骂:"真他妈的。如果你们自己死掉,就会知道我为什么能够活着了。"那是刚才发生的事情,距离现在只有一瞬间。在任何的一瞬间之中,什么都不可能发生,什么也都没有发生。那么"勋章"呢?排长迷惘地看着远处。刚才胜利家的狗疯了。胜利是第一个在战场上倒下的。他的死给排长的震动最大。排长费了很大的劲才找到胜利的遗体。那是一截血迹斑斑的大腿。他们小时候一起下河游戏的时候,胜利曾经指着大腿上的一块疤印对排长说:"这是我的胎记。"那截大腿上正好就有那一块疤印。排长和其他同乡一起将那一截大腿埋在了一棵枯树的底下。他没有想到那只疯狗会朝他猛扑过来。他灵活地往旁边一闪。但是,疯狗很快又转过身,又一次朝排长猛扑过来。经过这样的几个回合之后,排长突然意识到了什么。他揪下四十年来一直别在衣服上的勋章朝远处扔去。那只疯狗朝它猛扑过去。很快,排长就听到了一阵残酷的咬嚼声,那好像比四十年前的炮火声更加震耳欲聋。排长颤抖了一下,漏出了几滴尿。过了一阵,那只疯狗满足地跑远了。接着,雾也神奇地散开了。排长伸长脖子。刚才他清楚地看到的那三亩地现在反而变得模糊了。在一瞬间之中,什么都不可能发生,什么都没有发生。可是,如果飞来的怪物果然是胜利他们,那恐怕就是瞬间之外的奇观了。排长稍稍犹豫了一下,离开了刚才到现在的一瞬间或者说四十年一直坐着的那张小靠椅。他充满恐惧地朝自己的那三亩稻田走去。刚才,他的确透过厚厚的雾看到了那里发生的灾难。排长恐惧地走近它们。他走近了它们。他惊呆了!这无论如何是难以置信的:那些原来结满谷子的稻穗上如今长满了弹头。整整三亩地的弹头!排长迷惘地望着远处。他好像又听到了集合的号角声。又一场战争要开始了……也许从前的那一场战争根本就没有结束。排长又猛烈地颤抖了一下。这一次,他的整个裤裆都湿透了。他心想:这是一个秘密。他希望刚才的浓雾能够重新聚集起来,将自己的这三亩稻田严严实实地捂住。这是绝对不可泄露的秘密,排长极为不安地想,这是绝对不可泄漏的秘密。

铁匣子

老爷爷病得快死了。如果他没有病成现在这个样子,我们每天晚上都要到他的房间里去,去听他重复那个他重复了无数遍的战争故事。这是我们这个部落的孩子们法定的"学习"。谁都不能缺席,连小个子也不例外。那天晚上,小个子又偷偷跑到后山上看磷火去了。他吓得颤惊惊地回来的时候,老爷爷的故事刚刚讲完。我们都以为老爷爷会放过他。没想到,他严厉地瞪了他一眼之后,立刻宣布了对他的处罚。他罚小个子一夜不许睡觉。

故事的有些细节倒是百听不厌,比如那些敌人的穿着和长相。老爷爷总是将敌人的穿着和长相描述得非常离奇,离奇得让我们根本就无法想象。还有就是故事的结尾:那是根本就不需要我们去想象的结尾。我们肯定是战争的胜利者。我们的胜利不是因为我们有超过敌人的智慧和军事实力,而是因为我们有铁匣子,更准确地说是有铁匣子里面的宝物。那些宝物是很久很久很久以前我们的一位祖先发明的。那时候,我们的敌人还完全没有开化,还不知道"发明"是什么意思。

"只要保住了这个铁匣子,我们就可以保住我们的江山,我们就战无不胜。"老爷爷说。他总是用这句话来结束他重复了无数遍的战争故事。

真的,故事里有好几次,敌人把我们的房子全烧光了,把我们的银子全抢走了,把我们的书籍全销毁了,把我们的女人全糟蹋了……我们这个部落却并没有因此而被消灭。我们又建起了很多房子,我们又找到了很多银子,我们又培养出了很多写书的人,我们的女人又开始使劲地生孩子……

故事的结尾总是这样充满了希望和信心。

接下来是提问的阶段。我们必须向老爷爷提问,这是对我们"学习"态度的检验。老爷爷对我们提问的内容没有限制。他鼓励我们畅所欲言,想问什么就问什么。

"老爷爷,敌人为什么不抢走我们的铁匣子呢?"

"他们不知道我们有这样的宝物。"老爷爷回答说,"他们不知道我们有这样的铁匣子。"

"老爷爷,如果敌人抢走了我们的铁匣子,他们会不会也变得战无不胜呢?"

"铁匣子只会保佑我们自己。"老爷爷回答说,"这就是它的特色。"

"老爷爷,敌人到底抢走过我们多少银子呢?"

"老爷爷,后来那些写书的人怎么能够重写出从前的那些书呢?"

"老爷爷,敌人是怎样糟蹋我们的女人的呢?"

"老爷爷,敌人的武器为什么总是比我们的厉害呢?"

"老爷爷,我们为什么不去发明更厉害的武器呢?"

"老爷爷,为什么每次来的敌人都穿同样的衣服,都长一个样子呢?"

"老爷爷,我们是不是也可以向敌人学习呢?"

……我们就这样问个没完。

"老爷爷,铁匣子里面到底装着什么呢?"最后总有人要问。

"宝物。"老爷爷肯定地回答说,"无价的宝物。"

"老爷爷,你看到过吗?"最后大家会一起问,"它是什么样子的呢?"

这是最让老爷爷头痛和心痛的问题。他痛苦地低下了头。他从来没有看到过铁匣子里的宝物。他不断重复的这个战争故事也是他做小孩子的时候每天晚上在他老爷爷的房间里听来的。那时候,他们也提各种各样的问题。问到最后这个问题,他的老爷爷也痛苦地低下了头。

"老爷爷,你真的不知道宝物是什么样子吗?"大家都着急地问。

"不知道。"老爷爷回答说。从前,他的老爷爷也回答说不知道。

只有小个子是例外:他每次听得好像都非常认真,但是他从来就不提问题。大家提问的时候,他痴痴地抬头望着被油烟熏黑的屋梁。老爷爷也不指望他提什么问题。他生下来就跟大家不一样。他的想法稀奇古怪,他的语言扑朔迷离。只要他一开口说话,我们就忍不住要大笑起来。

现在,老爷爷病得快死了,我们就不必每天晚上去他的房间里了。天黑以后,我们可以去稻田边抓青蛙,或者躺在晾谷坪的中间,玩游戏,数星星。而小个子还是经常独自到后山上去看磷火。我们差不多忘掉了保佑我们的铁匣子。

我们不知道老爷爷却还是天天惦着它。他很想打破祖宗的规矩,在临死之前看一眼铁匣子里面到底装着什么样的宝物。一直守护在老爷爷身边的先富叔叔也极力赞同他这种革命性的想法。"你是最高的权威,谁也不敢反对你。"他每天都在老爷爷的病床旁怂恿说,"有什么好担心的呢?"

那一天,老爷爷终于点了点头。

于是,一次极隆重的仪式很快准备就绪了。到斋月的最后一天傍晚,老爷爷费力地从床上爬起来,爬到了那张象征着他的最高权威的椅子上(那当然也是他平常讲故事的时候就坐的地方)。我们在椅子周围按严格的顺序排好队形。我们谁也没注意到小个子的缺席,尽管他本应该排在队列中比较靠前的位置。

老爷爷将头微微抬起,示意先富叔叔去将铁匣子取过来。

先富叔叔迈着庄严的步伐,神气十足地走了出去。

我们等了很久,才听到外面传来的熙熙攘攘的争吵声。不一会,先富叔叔冲了进来。他左手揪着小个子的耳朵,右手端着已经打开的铁匣子。"这小子已经抢先将铁匣子打开过了。"他怒气冲冲地说着,将打开的铁匣子伸到了老爷爷的跟前。

老爷爷微微俯下身子,朝铁匣子里面看了一眼。他的脸上显出了极度憎恶的表情。他紧闭着双眼,将头扭向了一边。

过了很久,老爷爷才终于缓过气来。他转过脸,用慈祥的目光看着浑身颤抖的小个子。"宝物呢?"他恳切地问,"你将宝物弄到哪里去了?"他眼前的铁匣子里面只有四具小动物的骷髅。

"我看到的就是这些。"小个子理直气壮地说,"我什么都没有动。"

就像平常一样,小个子一开口,我们就都忍不住大笑起来。

这时候,老爷爷好像噎住了什么东西,立刻就断气了。

老爷爷的丧事办得非常潦草,因为除了小个子之外,谁都觉得没有希望了,好像世界末日马上就会到来。

十天的哀悼期过去之后,为是否应该继续保存铁匣子,我们展开了激烈的辩论。小个子的话突然变得多了起来。他每次都有很积极的发言。他坚决主张保留铁匣子,因为那是祖先留下的宝物。我们猜想,他的"坚决"多半是因为他为老爷爷的死感觉非常内疚。可是同时,小个子又说,老爷爷可以算得上是寿终正寝了,我们不必过于悲伤,更不要失去信心和希望。他说我们今后还有很多的事情要做,他说向前看才是正确的生活态度。

死去的与活着的

X在九岁生日的那一天失去了自己的天真。他因为一场战争失去了自己的天真,或者说他因为一次阅读失去了自己的天真。他从那以后就永远地失去了自己的天真。

他母亲没有忘记他的生日。她从厨房里端出了他最喜欢吃的菜,将它摆放在餐桌的中央。X充满感激地看了他母亲一眼。"今天是你的生日。"她温情地说。

晚餐还没有吃完,高音喇叭里就播出了紧急会议的通知。在一九七一年,这不是什么罕见的事情。X又看了他母亲一眼,同样充满了感激。他感激"紧急会议的通知"。他知道母亲马上就会离开。他觉得自己十分幸运。他想母亲马上离开。他想有一段属于自己的时间。他想阅读或者说他想冒险。那本破旧不堪的书是他几天前在那只大木箱里翻到的。多少年来,X一直以为那只不过是一只装满了旧衣服的箱子。可是几天前,当他随意地掀开箱子顶部摆放的那几件旧衣服时,他大吃了一惊。

他看到了一大箱子的旧书。X当时不可能理解那些旧衣服与那些旧书之间简单的逻辑关系。

"你看,我又不能陪你了。"他的母亲无可奈何地说,"连生日都不能陪你一起过。"她深深地叹了一口气。她好像在请求 X 的理解。

X不可能理解。那些旧衣服和那些旧书本之间的关系呈示的是恐惧与欲望之间的纠葛。他笑了笑。他什么也没有说。他感到幸运。他有点激动地盼望着他的母亲早一点离开。他想阅读或者说想冒险。他完全没有料到那会是一次"致命"的冒险。他没有料到他会从此失去自己的天真。在天真的时候,X觉得生活清澈得就像是一杯透明的水。

文字带领 X 穿越漫长的历史。他突然出现在一场古代战争的前线。因为交战双方力量悬殊,战斗进行得并不激烈。X跟着所向披靡的队伍很快就攻到了邻国首都的城下。他们在离城墙五百米的地方安营扎寨,准备在第二天拂晓开始攻城。邻国本来就十分弱小,经过这一段战争的消耗,更是大伤了元气。它现在已经不堪一击了。大家都知道,明天的攻城将如同摧枯拉朽。大家都知道,这场没有任何准备的战争将会在明天结束。

可是只有很少的人知道,战争会提前结束。X在深夜里被震耳的喧嚣声惊醒。"怎么,现在就开始攻城了吗?"他睡眼惺忪地问。没有人理睬他的提问。深夜里的骚乱让他觉得非常恐怖。很快,X就知道他们的队伍正在准备撤退。战争提前结束了。最后的进攻永远也不会开始了。

在撤退的路上,X听到身旁的人在议论营寨里刚刚发生的骚乱。他们的元帅被邻国派来的一个刺客谋杀了。而紧接着,元帅的卫兵们一哄而上,将那个刺客又剁成了肉末。因为这一突发事件,将军们做出了放弃攻城、立刻撤退的决定。

X听到身旁的人在继续低声议论。

"不管怎样,我们应该继续攻城。"

"谁在乎那样一座小小的城市呢?"

"那不是一般的城市,那是首都。"

"那又怎么样?"

"攻下它是胜利的象征。"

"这场战争不需要胜利。"

"哪有不需要胜利的战争?!"

"这场战争就不需要胜利。"

"这是什么意思?!"

"因为它是战争,又不是战争。"

"这又是什么意思?!"

"它是战争,但不是我们的战争。"

"那是谁的战争呢?"

"皇帝的战争。"

"皇帝也会希望最后的胜利啊。"

"他已经胜利了。"

"我还是不懂你的意思。"

"想想刚刚在营寨里发生的骚乱。"

"我们的元帅死了。"

"是啊。这样,皇帝少了一个敌人,帝国多了一个英雄。这就是皇帝的胜利。"

"我还是不懂你这是什么意思。"

"不懂就不懂吧。不懂才好呢。"

这场突然结束的战争也是突然爆发的。出征的命令到达元帅官邸的时候,他也正在熟睡之中,就像他被刺客谋杀时一样。他披挂上马,直奔前线。他甚至来不及去向皇帝的弟弟辞行。他是他最好的朋友。他们之间牢不可破的友谊正像皇帝的弟弟与皇帝之间与生俱来的矛盾一样,在这个国家是妇孺皆知的事实。轻而易举的胜利更使这位元帅不去细想战争的性质和意义。他很快就以为自己已经是整个战争的主宰。在临死之前,他像所有人一样,知道战争明天就会结束。"明天我们就可以回家了。"他就寝之前对他的贴身侍卫说。这是他一生中说过的最后一句话。

皇帝参加了为元帅举行的隆重葬礼。这在今后的许多年里都被当成是元帅最后和最高的殊荣。皇帝的出现非常突然,没有事先的计划和安排。他甚至都没有来得及脱去睡袍,换上龙袍。皇帝为元帅遇害流下的眼泪感动了参加葬礼的所有人。而他对跟随在元帅身边的将军们的怒斥更是令群情激奋,完全改变了葬礼的气氛。皇帝谴责那些将军们没有能够保证帝国最伟大的军事天才的安全,又谴责他们仓皇撤军,没有去争取垂手可得的胜利。"我要用你们的血来祭奠帝国最伟大的英雄。"皇帝说着,竟失声痛哭起来。参与这场战争的将军们被这样的场面吓呆了。他们还没有清醒过来就一个接着一个被推下去斩了首。只有最后一个被斩首的将军试图反抗,他大声嚷嚷说:"陛下,你不要忘了自己说过的话。"

皇帝对他的反抗好像有充分的准备。他心想,我怎么会忘了我自己说过的话呢?!他走到那位将军的跟前,告诉他,他自己这样做完全是为了帝国的利益。最后,他诚恳地向将军保证说:"我将会尽力照顾好你们的家人。"

试图反抗的将军提醒皇帝记住的当然不是这一句话。可是,他曾经精确地领会了皇帝周密部署的大脑很快也离开了他的身体。

X被这人头接连落地的场面吓出了一身冷汗,而他身旁的人却又若无其事地议论开了。

"你看,我知道他们会受到惩罚吧。"

"我也知道。"

"他们不应该放弃攻城。"

"这不会改变什么。哪怕攻下了首都,他们也会受到同样的惩罚。"

"为什么?"

"对他们的惩罚是这场战争的一部分。"

"为什么?"

"它确保了皇帝的胜利。"

"这么说,皇帝现在已经取得了最后的胜利?!"

在这场战争突然爆发之后,皇帝为了自己的安全,杀掉了所有由邻国贡献来的妃子,其中包括他最宠爱的妃子非。皇帝希望这一次清杀的消息能够很快传遍全国,以鼓舞士气。因此,他邀请了很多人(其中包括他的弟弟)来见证残酷的清杀场面。妃子们列队而过。她们的头上蒙着黑纱。她们似乎已经知道了自己的命运。她们中间没有任何人反抗,也没有任何人哭泣。但是,当帝国的百姓得知皇帝为了表达与邻国势不两立的决心杀掉了所有由邻国贡献来的妃子,包括他最宠爱的非,他们中的许多人都流下了感恩的眼泪。皇帝的品格感动了他的整个帝国。

只有非不知道自己被杀的消息。她只知道她突然失去了悦目的阳光和清新的空气。她也不知道这是因为什么。她被移到了一间没有窗户的房间里。她的门被加上了特大的铁锁。她甚至不知道每天是谁从门上的那个只能从外面打开的小窗孔里给她送来了饭菜。直到葬礼那一天的深夜,当她最熟悉的男人又出现在她的身旁,非才撒着娇问:"我为什么不能够去花园里游玩了?"

皇帝像从前那样抚弄她的乳头。

"我为什么不能够去花园里游玩了?"非撒着娇问。

"现在花园里什么都看不到。"皇帝说,"除了月亮和鬼魂。"

"我是说白天。"非固执地说,"为什么白天我不能去花园里游玩了,就像蝴蝶一样?"

"你现在是醒着,还是在做梦?"皇帝说。他这是故意用《庄子》里的故事来戏弄她。

"我都不知道自己是已经死去了还是仍然活着。"非假装抱怨着说。她当然知道她依然活着,因为皇帝的抚弄让她又感到了那种熟悉的激动。

"我喜欢你做梦。"皇帝低声说。他显然是想转换话题。

"告诉我为什么。"非继续追问。

"因为……"皇帝说,"因为你已经死了。"

"这是什么意思?"非说,"我不懂这是什么意思。"

"不懂就不懂吧。不懂才好呢。"皇帝说。

非深深地叹了一口气。然后,她依偎到皇帝结实的肩膀上。"我是不是永远都不能去花园里游玩了?"她用迷茫的声音问。

皇帝没有回答。他继续像从前那样抚弄着她的乳头。

"我知道我永远都不能去花园里游玩了。"非沮丧地说,"我真的想知道这是因为什么。"

"因为所有的人都以为你死了。"皇帝说。

"我还是不懂你这是什么意思。"非说。

"我知道这很难懂。"皇帝说,"你看,其他的人都不知道你还活着,而你自己却不知道你已经死了。这太难懂了。在这个世界上,只有我一个人知道你已经死了却仍然还活着。"

"你将我当成了一只蝴蝶。"非激动地说,"只有蝴蝶才能处在这种'方生方死'的状态之中。"

皇帝被宠妃聪明的语言陶醉了。"我从来就将你当成是我的蝴蝶。"他动情地说,"你是世界上最漂亮的蝴蝶。"说着,他将非的裙带完全解开,将自己的脸埋进了非激动不已的乳沟里。

"可是我想念阳光和空气。"非抽泣着说,"我想在花园里游玩,就像一只真正的蝴蝶一样。"她说着,紧紧地抱住了她最熟悉的男人的身体。那身体强悍的气息突然让她对死亡充满了前所未有的恐惧……

是这场突然爆发又突然结束的战争夺去了 X 的天真。他的母亲开完紧急会议回来的时候,这失去天真的孩子已经在床上躺下了。但是,他并没有睡着。他等待着他母亲在他的身旁躺下。他侧过身来一把搂住了她的脖子。"你怎么了?"他的母亲问,"你还没有睡着?!"

X 没有回答。

"你又长大一岁了。"他母亲说,"你很兴奋,对吗?"

X 还是没有回答。他觉得母亲的紧急会议开了很久,开得太久。他觉得自己好像不仅仅只是长大了一岁。

"快睡吧。"他母亲说。

X 还是紧紧地搂着她的脖子。"为什么要开紧急会议?"他不安地问。

"没什么。"他母亲说。

"也许会突然爆发一场战争。"X不假思索地说。

"你怎么知道?"他母亲吃惊地问。

"知道什么?"X问。

他的母亲轻轻地将他的手掰开。"快睡吧。"她很严肃地说。

X像他的母亲一样几乎整夜都没有睡着。他一直看着天色慢慢地亮了。那是他第一次看着天亮。

在他的一生之中,X经常回忆起那场使他失去了天真的战争。当然,后来他理解了那些旧衣服与那些旧书之间简单的逻辑关系。每次回忆起那一场战争,X总会感觉有些后悔。他会忍不住去做一些天真的假设:如果那天晚上他没有翻开那本书……或者如果他不认识那些字……或者如果那天晚上高音喇叭里没有播放紧急会议的通知……

他的母亲过了很久才告诉他,在那次紧急会议上的确传达了一份紧急的战争动员令。我们霸道的邻国正在准备向我们发动大规模的进攻,而我们将同仇敌忾,在最伟大的领导下,夺取一场旷日持久的反侵略战争的胜利。

但是大家都知道,在一九七一年,那场迫在眉睫的战争并没有爆发。

永远无法战胜的敌人

War does not determine who is right

—only who is left.

Bertrand Russell

战争就要爆发了,男人们都在默不作声地整理行装。

市长上午又来巡查了一遍。他的举止显示出他曾经也是一个战士。在一星期前的那次群众集会上,就是这位市长尖声喊道:"我们决不能把一寸土地退让给敌人。"

X从来就没有去过边疆。是的,他将去。他不知道那里的土地为什么对敌人有那么大的吸引力。他没有任何的恐惧。

女人们将脸贴到布满灰尘的窗户玻璃上,个个庄严得像圣母。而街道两边的高音喇叭里正在播放着粗俗的情歌。女人们悲伤的目光伴着微风飘向了西南方向的边疆。

唱诗班早就随着教会一起进入历史了。战争现在只是世俗生活的一部分。在据说是教堂废墟的地方,人们以不可思议的速度盖起了一座萨利文风格的办公大楼。它看上去也已经有些过时了。X还是在记忆发源的地方就曾经在一本"建筑史"上见到过类似的建筑。他没有走进去。他不能走进去。他的小手用力地摩擦着那张黑白照片。人们为什么要在现实中重复他的记忆呢?在前线的战壕里,X或许会提出这样的问题。

市长的随从们都是谨小慎微的人。他们和市长站在一起,就像和平与战争的并列。但是,他们与市长之间并没有直接的冲突。也许除了那一次。那一次,主管农业和主管军事的官员突然站了起来,他们宣称坚决反对关于公园收取门票的提议。

市长当年所在的那支小分队是在远离祖国的地方(也就是在边疆之外)与敌人交火的。换句话说,市长他们那时候就是他现在在群众集会上所指称的"敌人"。他们的小分队遇到了顽强的抵抗,遭受了惨重的损失。

女人们中间最引人注目的当然是市长的妻子。她突然转过身来,背对着窗户。"我死后不需要墓碑。"她用低沉的声音说。

市长听到了她的声音。他甚至能够听到她内心的声音。他朝她走过来。"为什么?"他不安地问,"为什么这么悲伤?"

"所有的墓碑都迟早会被人砸碎的。"他的妻子说。

市长绝望地看着她。"你真的相信敌人会得逞吗?"他绝望地问,"难道我们真的抵挡不住敌人的进攻吗?"

"不是敌人。是我们自己。"他的妻子说,"砸碎墓碑的是我们自己。"

"你怎么会有这种想法?"市长说。

"总有一天,人们将不再珍惜自己的祖先。"他的妻子说。

"听起来好像未来才是我们真正的敌人。"市长沮丧地说。

"而且是永远无法战胜的敌人。"他的妻子说着,又转过身去,将脸贴到了布满灰尘的窗户玻璃上,庄严得像圣母。

市长的最后一枪击中了一位上尉的手表。随后,战争就宣告结束了。两个月之后,市长被一列挤满了战俘的火车拖回到自己的祖国。到处都是断壁残垣,到处都是孤儿寡女。他这才知道战场并不仅仅只在远离祖国的地方。他的祖国也因为他们挑起的战争而蒙受了战火的洗劫。

市长没有被眼前的惨状吓倒。他吹起了口哨,像一个心满意足的少年。他用往日悠闲的感觉让自己恢复起了对未来的信心。他吹着口哨回到了幸免于战火洗劫的家乡。在黄昏的时候,在一条笔直的泥土路上,他终于遇见了第一个家乡人。那是一个小眼睛的小男孩。那个小男孩坐在路边的一个树桩上,吃惊地打量着衣着褴褛的市长。

"喂,你好!"市长得意地问,"你在这里欢迎一个战败者吗?"

那个孩子没有回答。他还是吃惊地打量着这个他从来没有见过的家乡人。

"你知道吗?"市长说,"我刚从战场上回来。"

那个孩子打量了一阵市长的皮带,又打量了一阵市长干裂的嘴唇。"好玩吗?"他战战兢兢地问。

市长重复了一遍那个孩子的问题。他认真地想了一下,认真地回答说:"如果你还能够回来……"

那个孩子从来没有离开过家。他不知道市长说的"回来"的分量。那个孩子也从来没有经历过战争。他当然更不知道市长说的"如果"的分量。

市长继续吹起了口哨,继续朝前走。他以后再也没有见到过那个目光呆滞的小男孩了。或许,他早就把自己从死亡线上回来之后遇见的那第一个家乡人给遗忘了。

X在群众集会上当然远远地看见了市长。他当然不知道自己在很久以前的那个黄昏遇见的那个年轻人就是现在的市长。正是那个吹着口哨的年轻人使X对战争没有任何的恐惧。他相信,他也能够回来,而且吹着口哨回来,就像是刚刚玩完了一场好玩的游戏。

那场永远不会结束的战争

下午三点钟,厂部秘书给车间主任打来电话,叫我马上停下手里的工作,去厂长办公室一趟。她说厂长有要紧的事要找我商谈。

我的手里正好并没有工作。五分钟前开始进行每天照例的换闸。我的刨床停了。我点燃一支烟,在刨床旁的那只高脚板凳上坐下。我想起了我们的卡车有一次在一条没遮没挡的道路上抛了锚的细节。我们的班长情绪激动地说:"他妈的,我们可能会死在这没遮没挡的地方。"

我走进厂长办公室的时候,厂长正在接听电话。他示意我坐到办公桌前的椅子上。但是,他并没有改变他讲电话的节奏和表情。他轻松地晃动着他的转椅。他的笑声和语气说明他是在与一位很亲密的朋友闲聊。这让我觉得有点尴尬。我不安地低下了头。

"作为一个军人——"厂长突然用不同的语气说。

我意识到他这已经是在对我说话。我抬起头来。

"作为一个军人——"厂长重新开始他的句子。

"你是说我吗?"我打断了他的话。

"我正在对你说话,当然是说你了!"厂长神采飞扬地说。

"我不想提过去的事情。"我冷冷地说。

我的话并没有让厂长生气。他俯到办公桌上,用居高临下的目光盯着我。"那正好!"他温和地说,"我找你来,正是要跟你商谈一件将来的事情。"

我迷惑不解地看着他,等待着他继续说下去。

"你将来应该写写你现在的生活。你在我们工厂的生活。"厂长说,"你离开部队之后来到了工厂——我们的工厂。你在我们的工厂工作。你为我们的产品做出了贡献。"

我完全没有料到,厂长找我来是想与我谈论我的写作。我对他的提议没有任何兴趣。

厂长并没有因为我的冷淡而灰心。他继续说:"你尤其有责任写写我们的新产品。"

我毫无表情地看着他。我觉得他的想法很荒唐。我不想说任何话。

"难道你不觉得工厂的生活像部队的生活一样值得回味

吗?"厂长认真地问。

"你怎么知道部队的生活值得回味呢?"我同样认真地反问道。

厂长做了一个理所当然的手势。接着,他突然陷入了回忆之中。"我也差一点参加了一场战争。"他深有感触地说。

"差一点?"我用讥笑的口气重复他的副词。

厂长仍然陷在回忆之中。"是的,"他迷惘地说,"差一点。"

我们最后只好放弃了那辆卡车。深夜的时候,班长带领我们的小分队从一座看上去很安静的村庄穿过。我们不知道那是一座正在熟睡的村庄还是一座正在装睡的村庄。

"你在我们工厂的时间比你在部队的时间还长。"厂长的话又将我带回到现实之中,他继续说,"你应该写写我们工厂的生活。"

"我不会去写的。"我肯定地告诉他。

"为什么?"厂长吃惊地盯着我说。

"我写不好。"我肯定地说。

"这不可能。"厂长不以为然地摇着头说,"你是一个作家。我们工厂里的每一个人都知道。一个作家说他自己写不好?!"

"或者是我不想写吧。"我说,"或者是我觉得没有什么可写的吧。"

"你能将战争写得那样生动,为什么会觉得工厂的生活没有什么可写的呢?"厂长有点不满地说。

"我每天看着刨刀从左边跑到右边,又从右边跑到左边……这有什么可写的呢?"我反问道。

厂长失望地摇起头来。"你不要误会了我的意思。"他说,"不是我要求你写,而是报社。"

"报社?"

"你自己还不知道吧。我们刚刚得到消息,你的那篇战争小说得了全国的文学奖。"

我完全没有想到那篇写一支小分队在一座小村庄遇上了埋伏的小说会得到官方评委会的肯定。"这真是有点奇怪。"我说。

"为什么奇怪?"厂长说,"我们都觉得那篇小说写得很好。"

"刚才在车间里,我还想起了我们的卡车在一条没遮没挡的道路上抛锚的事。"我说,"我觉得这有点奇怪。"

"是我们厂的卡车吗?"厂长关切地问。

我苦笑了一下。我没有想到他并没有留意那篇他觉得"写得很好"的小说的开头。

"报社的主编中午来过电话,希望你写篇文章谈谈你现在的生活,你在我们工厂的生活。"厂长得意地说。

"以及我们的新产品?!"我故意挖苦说。

厂长没有在意我的挖苦。"当然主要是谈你自己的生活。"厂长微笑着说,"不过,你也可以附带地谈谈我们的新产品。"厂长又晃动了一下转椅。他接着说:"你正在对我们的新产品做出贡献,它是你生活中的一项重要内容呵。"

与厂长分手的时候,我告诉他,我并不理解也并不高兴那篇小说得奖的消息。

"为什么?"厂长费解地问。

"小说得了奖说明评委们并没有认真读它或者并没有读懂它。"我用非常肯定的语气说。

班长带领我们逃出了包围圈。但是,在接近驻地的地方,他踩到了一个隐蔽得极好的陷阱。我清楚地记得那一刹那。我清楚地记得班长的身体被锋利的竹楔刺穿的一刹那,他发出的那一声惨叫。那是他一生中的第一声和最后的一声惨叫。

"我不懂你的意思。"厂长说着,站起身来似乎是想送我出门。

这时候,他桌上的电话又响了。他做了一个无可奈何的表情。我示意他我告辞了。

不久，我又坐回到了车间里的那只高脚板凳上。换闸已经完成。我的刨刀又开始从左边跑到右边，然后又从右边跑到左边。我永远也不会忘记那篇小说的开头。我同样永远也不会忘记，当我们背着班长的尸体回到驻地的时候，正赶上布置撤退的计划。"这场战争终于结束了。"一位我们从来没有见过的指挥官用高亢的声音宣告说，就好像是宣告最后的胜利。

上帝选中的摄影师

我儿子一家移民加拿大的那天晚上,我梦见了我这一辈子见过的第一个外国人。我以前曾经多次想起过他,但是却从来没有梦见过他。他的样子一点也没有变,我依然觉得很亲切。他是住在县城那座小教堂里的传教士。他也是一个摄影师。他经常到我们村子里来拍照。他特别和善,也特别喜欢跟我们玩和逗我们玩,这一点与中国的大人们很不一样。他让我们围在他的身边看他拍照。他也给我们拍照。村子里所有的孩子都很喜欢他。而他对我的意义更是非常特别,因为正是在他的鼓励下,我第一次按下了相机的快门。那感动了我全身心的声音定格了我的一生。我后来也成了摄影师,而且曾经为两种对立的社会制度服务。我的作品既为我带来过无数的荣誉,也给我带来了终身的羞耻。

我们不知道他来自哪个国家。大人们有的说他是美国人,有的说他是法国人,还有人说他是新西兰人。但是,因为我在那样一个特别的夜晚梦见了他,醒来之后,我怀疑他是加拿大人。他的样子真是一点都没有变,与我记忆中的完全相同。我梦见的是他最后一次到我们村子里来的那个天色阴暗的下午。他是来向我们告别的,因为日本人很快就要从武汉南下打到我们这一带来了。那时候,我们村子里有将近一半的人家都已经逃离。我爷爷也在安排家里人做逃离的准备。

那是一个天色阴暗的下午。我躺在村口的老樟树底下,想象着我们将逃往的"外面的世界"。突然,我看见传教士从村子里走出来。他一边摆弄着手里的相机,一边回头朝村子里张望,好像有点依依不舍。我坐起来,向他打了一声招呼。他兴冲冲地跑过来,用他很难听懂的汉语告诉我,他这是最后一次到我们村子里来了。我突然有一阵意想不到的伤感:不是因为从此就见不到他了,而是因为从此就见不到他手里的相机了。传教士好像看懂了我的心思。他举起相机,对着村外旱裂的农田调整了一下焦距,然后他让我和他一起端着相机,然后他将我的手指放在快门按钮上,然后他鼓励我轻轻往下一按。

那感动我全身心的声音将我带进了神魂颠倒的状态。这时候,传教士示意我站起来,靠到老樟树粗壮的树干上。然后,他将相机的皮套从肩上取下,挂到我的脖子上。他后退几步,举起了相机。那是他在我们的村子里最后一次举起相机。他拍下了我被自己第一次按下的快门声音感动得神魂颠倒的全身。

两个星期之后,我们也在爷爷的带领下逃离了我们位于湘鄂边境的祖居。我们先是一路南下。在长沙的一位亲戚家住了将近一个月之后,我们又改为向西逃亡。长沙的亲戚建议我们到溆浦去落脚,但是,我爷爷在路过新化的时候得了一场大病。病愈之后,他决定我们就停在那里。这一停就是六年。日本投降之后,我爷爷带着大部分家人迁回祖居去了。而在路过长沙的时候,我父亲突然宣布,他决定带着我们这一家人留下来,留在那里生活。我后来才知道是名扬四海的那三次长沙会战让他对那座古城产生了强烈的归属感。

父亲的这个决定决定了我的一生,因为我们住的那条街的拐角处有一家生意兴隆的照相馆。沉默寡言的照相馆老板注意到了我对摄影的浓厚兴趣,收下我做了他的徒弟。我非常勤奋又很有天赋,手艺进步飞快。在我十八岁生日的那一天,师父看着我刚为一位富商拍出的遗像,充满感慨地说我完全可以自己开业了。但是,我告诉他,我对开照相馆没有兴趣。我有更大的志向。我的志向是做一个真正的摄影师,一个记录历史的摄影师。这志向植根于我第一次按下快门时的那种神魂颠倒的状态。我的志向让师父的脸上出现了罕见的不安。"你有罕见的天赋，"他说，"不知道上天还会不会给你那样的机会。"

没有想到"那样的机会"很快就降临到了我的生活之中。大概就在四五天之后吧，一位年轻的军官带着他看上去有点胆怯的妻子和他们刚满月的儿子来到了照相馆。他们要拍一张"全家福"。年轻的军官想请我的师父为他们拍，而我师父却说我拍得比他要好。年轻的军官看了他漂亮的妻子一眼，然后扶着她的肩膀走进了我的镜头。坐下之后，年轻的军官对我的每一道指令反应得都非常热情，而他妻子的反应却始终都很机械。在我正准备按下快门的时候，年轻的军官突然说他们的照片要加急冲印，因为他马上就要回前线去了。原来这是一个即将分散的家庭，我心想着，稍稍迟疑了一下才按下了快门。我还从来没有为这样的家庭拍过"全家福"。

第二天傍晚，年轻的军官独自来取照片。他对我的摄影水平大加赞赏。他说他的妻子对这张照片也一定会非常满意。他接着又说，以这样的水平，我应该到南京或者上海去发展。我重复了与师父说过的话。我说我不想庸庸碌碌地靠拍照来活着，我说我的志向是当一名记录历史的摄影师。年轻的军官没说什么就离开了。但是大约半个小时之后,他又急匆匆地跑了回来。他问我是否愿意随他一起去前线。他说他那位好大喜功的军长一直都想物色一位年轻有为的摄影师来记录将让他名垂青史的战绩。他说一场与共产党的决战已经迫在眉睫,我在前线一定会大开眼界,大有作为。我父亲不支持我的冒险,但是也并没有阻止我的行动。而我师父认定这就是上天赐给我的"那样的机会"。他不仅给我提供了路费,还让我带上那架我用得最上手的相机。第三天,我就跟着让我称他为"马副官"的年轻军官上路了。

那是三年前结束逃亡生活之后的第一次出行。没有想到,我的兴奋却只维持了很短的一段时间。在九江转乘轮船的时候,我的情绪就开始发生了变化。内战带来的破坏和恐慌好像比前面那场战争带来的更大。满目疮痍的景象让我对自己记录历史的志向产生了一点怀疑和动摇。马副官对"外面的世界"也没有什么兴趣。一路上他只有一个话题,就是他漂亮又胆怯的妻子。他说他非常非常爱她。他说她是他的生命。他说等战争结束了,他就要将她接到南京去住。他说他们还要生两个孩子。他说他希望其中的一个是女孩,她一定长得像他妻子一样漂亮。

前线的状况也远不如我想象的那么壮观和刺激。尽管好大喜功的军长几次将我带到了前沿阵地的战壕里，我还是没有体会到惊心动魄的感觉。我对自己的志向产生了怀疑和动摇。不过，我并没有退缩。从到达的当天起，我就开始认真地工作。我拍下的前线积极备战的照片不断在国统区的报纸上发表。它们不仅大大地满足了军长的虚荣心，也提高了他在同行中的地位以及各大战区将士的信心。军长多次向马副官表示，我是他那次长沙之行的最大收获。他甚至授予了我一个"上尉"的虚衔。

我带着这纯粹的虚衔和越来越重的厌倦情绪继续记录历史。但是就在这时候，历史却对我提出了更高的要求：它要求我用我罕见的天赋来"创造"历史。我一生中参与过两次这样的"创造"。它们带给了我终身的羞耻。我的第一次"创造"就以我在蒙城附近拍摄的那一组"六千战俘"的照片为标志。

那是发生在最后那场恶战之前十天的事情。那天清晨，我被召到军部的时候，操场的中央居然坐满了解放军战俘。一队由军长从南京请来的摄制组正在拍摄一部宣传片，宣传我军在四天前的那次战役中俘获了"六千战俘"的战绩。马副官要求我也同时拍一组照片来配合宣传。可是，操场上明明只有六七百名战俘，为什么说……我有点迷惑不解。而马副官先是冷冷地回答说，没有必要将所有的战俘全都押上来。接着他又恭维说，以我的水平,用这六七百名战俘就足可以拍出"六千战俘"的效果了。

那部短纪录片因为漏洞太多,最后没有公映。而从我拍的那一组照片上却看不出任何的漏洞。它们被认为"真实地记录"了我军抓获解放军"六千战俘"的辉煌战果,在国统区的几家大报同时登出,取得了"长我军士气灭敌军威风"的特效。而解放军一方面动用所有的宣传手段攻击国民党造谣惑众,另一方面又不敢低估这一事件所造成的"极为恶劣的影响",他们"摧枯拉朽"的进攻因此被推后了整整四天。

我参与"创造"的历史并没有能够改变历史。三个星期之后,好大喜功的军长被击毙在决战的战场上。而马副官的左上臂也负了轻伤。我看着他溃败下来的狼狈样子,知道历史已经不再需要我来记录。我扔下心爱的相机,搀着马副官吃力地往小河的南岸逃去。多年之后,我曾经在军事博物馆的一个展室里再次看见了我用得最上手的相机。它被当成了那次著名战役的"战利品"。

我们化妆成平民逃出了解放军的包围圈。然后,我们朝西南方向逃去。一路上,马副官还是不停地谈论自己漂亮的妻子。他说,她如果看到了他手臂上的伤口一定会心疼得要去亲吻它的。还有一天晚上,他感叹起"成事在天"的铁律。他承认说"六千战俘"事件是军长一手策划的。他承认说那六百多名战俘中其实只有五十名是真正的解放军战俘,其余的都是我们自己的士兵装扮的。马副官无法接受自己效忠多年的军队迅雷不及掩耳式的溃败。而更让他无法接受的还不是战场上的失败。停留在南昌的第三天傍晚,马副官在我们住的客栈的门口遇见了一位从长沙来的亲戚。他告诉马副官,大约一个星期前,他的妻子带着他们的儿子与一位布店老板家的少爷私奔到香港去了。这晴天霹雳将马副官当场击倒在地。

随后的夜晚和白天,我一直守护在马副官的床边。但是第二天的深夜,我实在是顶不住了,就趴在他的床沿上睡着了。惊醒之后,我发现马副官已经不在床上。他在枕边留下了一张字条。他说他已经厌倦了尘世的生活,准备去九江附近的那座著名寺庙出家了。

我独自回到了长沙。我又回到了我师父的身旁。我向他讲述了除"六千战俘"事件之外的所有经历,我一生中唯一一次作为战地记者的经历。听完我的讲述,表情凝重的师父交代我,千万不要再向任何人提及去前线为国民党军队拍过照的事,更不能说还得到过一个"上尉"的官衔。"失败者的历史是不应该记录的。"他意味深长地说。

所以,那一天马副官又出现在照相馆的时候,我师父很不高兴。马副官说,一个月前,他所在的寺庙毁于敌对双方的炮火中。他因此只好重返尘世。马副官来照相馆的目的是想请我翻拍和放大那张他曾经大加赞赏的"全家福"。他告诉我,他现在避住在一位亲戚的家,等局势稳定了之后会出来找一份工作。他说自己是受过良好教育的人,而建设新社会一定需要许多像他这样受过良好教育的人。我只瞒着师父偷偷去看过马副官一次。我给他送去了一些日用品和一点零花钱。我注意到他将那张放大的"全家福"贴在了床边的墙上。这样,躺在简陋的窄床上,他就可以平视曾经躺在自己身边的妻儿了。他说他每天都在想念和等待着他的妻儿。他相信他的妻子有一天会被那位少爷抛弃而重新回到他的身边。他当然没有等到。他等到的是五名军管会的干部。他们没有向他出示任何证件,也没有询问和核对他的身份就将他带走了。一个星期之后,我在报纸上读到了马副官被当成"双手沾满了人民鲜血"的反革命分子而被镇压的消息。

马副官的下场让我极度恐惧。而我师父却因为马副官的下场为我松了一口大气。"人证不在了。"他说,"你现在要知道,你从来就没有去过前线,更没有得到过那个军衔。"尽管如此,我每天还是忐忑不安。我烧掉了自己在旧社会拍过的所有照片和它们的底片。我销毁了所有的物证。就这样,我记录过和创造过的历史都不再是历史。尽管如此,我每天还是忐忑不安。我想着自己曾经多次紧握过马副官那双"沾满了人民鲜血"的手。我担心,总有一天我也会像他一样被一群陌生人带走,带到行刑队的枪口前。

没有想到那群陌生人带来的却是另一个机会。那一段时间,我们每天都会接待不少的解放军官兵。有几个小战士甚至对拍照发生了浓厚的兴趣。他们好奇我怎么可以将解放军进城的场面拍得那样威风那样壮观。我指着墙上的照片向他们解释说突出的效果是可以通过巧妙的构图和光圈与快门速度精准的配合以及适当的暗室技术来取得的。有一天,小战士们带来了一位不苟言笑的军官。这位被称为"王代表"的军官环视了一圈照相馆墙上那些歌颂新社会的照片之后,问我愿不愿去长沙城里最大的报社工作。

我还没有反应过来,我师父就替我回答说当然愿意。我从此就进入了新的社会体制。我为这个体制留下了不少真实的历史记录。但是,让我爆得大名的并不是这些"真实"的记录,而是我参与"创造"的历史。那是一九五八年的秋天。我凭借着自己的摄影天赋第二次参与了历史的"创造"。

那一天,报社的领导突然通知我与另一位同事一起去参加全国摄影记者代表团在河南的实地考察。我们与来自全国的同行们在郑州集合。这时候我才知道,河南全省已经有五个县的"小麦丰产试验田"放出了"卫星",我们要分三批去见证这些人间的奇迹。我和我的同事被幸运地(现在想来应该是不幸地)分到了去放出最大"卫星"的那个县。我们的责任极为重大。那"亩产四万斤"的"卫星"将通过我们的镜头震撼全国广大的读者。

所有前来参观和考察的人都只能站在两百米以外的地方观看人间的奇迹。我们也不例外。与我同行的记者中没有任何人对浓密得连老鼠都钻不进去的"丰产试验田"提出质疑。他们大概都像我一样,想到的只是如何将照片拍像、拍好、拍出"大跃进"的效果和激情。

我的照片首先由我们自己报纸的头条发表,接着又被广泛转载,最后据说还得到了最高级别的肯定。这全国性的热烈反响将轰轰烈烈的"大跃进"推向了新的高潮。我为此多次受到表扬和嘉奖。报社的领导在一次全社的大会上表扬我从一个旧社会的小学徒成长为新社会的大记者。他说这本身就是一种"大跃进"。他说我用手里的相机创造了新时代的历史,也就是说,在这个大放"卫星"的时代,我也同样放出了一颗必将载入史册的"大卫星"。

我的这第二次"创造"本来很快就有可能受到历史的惩罚。但是,政治风云变化莫测。在一九五九年的庐山,本来准备的反"左"意外地变为了反"右"。历史又一次拯救了我。或者说,是突变的政治风云再一次拯救了我。

但是,我最终还是无法逃脱厄运的网罗。那位与我一起去拍"卫星",却没有任何照片见报的同事一直都非常嫉妒我的成就。"文化大革命"刚刚开始,他就带头贴出了我的"大字报"。他不知道从哪里找到了我为马副官拍的那张"全家福",攻击我是"美化刽子手的奴才"。这当然已经是一顶不小的帽子了。而如果他知道了"六千战俘"事件,我将立刻变成"刽子手的帮凶",我的下场将不会与"刽子手"下场相去多远。

我在一九六七年的夏天以"反革命罪"被判刑十二年。坐牢期间我见过不少奇怪的犯人:杀害了亲生儿子的教授,发表过反党言论的文盲,收听过敌台广播的少年,猥亵过妇女的妇女……而最让我觉得不可思议的是始终与我同牢房的"疯子"。大家都叫他"疯子"。我进去的时候,他就在。我出来的时候,他还在。

没有人知道他是什么时候进来,又是因为什么进来的。就在"林彪事件"传到我们牢房里来的那一天,从来没有正眼看过我的"疯子"突然凑到了我的跟前,笑嘻嘻地对我说:"我知道,你一共抓了六千俘虏。"他的话把全牢房的人都逗笑了。可是,我没有笑。我惊呆了。我不知道一个与我素不相识的"疯子"怎么会"知道"我与历史的关系。这是我至今都不理解的"知道"。它让我对生活充满了敬畏和恐惧。

在就差一个月刑满的时候,我的案件被确定为是"错案"。我有幸被"提前"释放。报社的领导在我出狱的当天就来家里看我。他们提起了后来在北京工作的"王代表"临终前对我的关心。报社的领导问我还想不想"重操旧业"。我不假思索地说经过这么多年的劳动改造,我的手关节都已经变形,相机肯定是端不稳了。这是我对他们的推脱。这也是我对命运的推脱。我马上注意到这也正是报社的领导所希望的推脱。于是,他们就充满关怀地将我安排在了报社的资料室工作。

我每天埋头于报纸、杂志和书籍。我以为我与历史的关系(或者说冲突吧)就此结束了。没想到就在我准备退休的那一年,我会又一次遭遇历史的荒谬。事情起因于我们报社的一位年轻记者想对我做一个专访。他提到了"大跃进"中的那张著名照片,又提到了我因"错案"而遭受的迫害等等。我开始也是极力推脱,我说我成为那张照片的摄影师纯属"巧合"。年轻的记者似乎很理解我的顾虑。他说人们现在都已经"告别革命"了,不会再用过去那种简单的方法去解读历史。更何况,他说,我们这些过来人有义务让年轻的一代了解那个疯狂年代的疯狂。我不知道自己为什么居然会轻信一个年轻记者的这些说法。

对我的专访引来的是无数义愤填膺的读者来信:一位年轻的大学生说我是极左势力的帮凶,完全不应该被提前释放;一位著名的学者指责我谈论过去的口气没有任何忏悔之意,对整个社会会造成不良的影响;一对右派夫妻说我那张照片是今天中国造假之风的滥觞,要求我向全国人民公开道歉……还有一位中学女教师甚至来到报社的收发室当面控诉我的罪行:她说她的父亲在"大跃进"的高潮中带着他的卫星梦离家出走了。她说是我的照片让她的父亲成为了"大跃进"的牺牲品。

我因为这轩然大波而提前退休了。退休之后,我连门都不敢出,都不愿出。我憎恶自己经历过的历史。我更憎恶自己的记忆。我想借着生理机能的衰退,将我经历过的历史彻底遗忘。

最让我感觉内疚的是我的厄运影响了我儿子的身心健康。他在我入狱之后才降临人世。他第一次是在监狱的探视室里见到自己的"父亲"的。他得不到同龄的孩子们能够得到的荣誉和快乐。他先天营养不足,后天发育不良。他一直都很孤僻。他一直觉得他不属于自己生活于其中的世界。我想,这应该是他最后决定移民的最重要的原因。我万万不会想到,这竟是一个如此宿命的决定。它竟会再一次将我卷入令我神魂颠倒的记忆。

我儿子在宣誓入籍之后曾经邀请我去蒙特利尔与他们同住。开始的那一个月,我感觉很不习惯,不仅不习惯那里过于干燥的气候,还不习惯他们一家人的生活状况。曾经只亲我现在却一点都不亲我的孙子尤其令我失望。他甚至连汉语都不愿意说了,他甚至对中餐都没有胃口。刚刚进入第二个月,我就对我儿子说我想提早回去。他似乎不是特别当真。他笑了笑说我不应该整天都闷在家里。"去马路上看看各种肤色的行人吧。"他建议说,"还可以去图书馆翻翻报纸和杂志。"

离我儿子住处不远的山脚下就有一个以艺术类图书著称的图书馆。接下来的三个星期,我几乎每天午休起来之后就会去那里消磨时光。我估计了一下,觉得可以在回国之前翻完那里的一整架摄影方面的书籍。

那个天色阴暗的下午……或者说那个天色"同样"阴暗的下午,我翻开了那本《加拿大摄影史》。那本书以文字为主,图片不多也不大。我缓慢地翻动着书页……突然,我看到了那棵老樟树,以及那个脖子上挂着相机皮套的孩子……天哪!那个神魂颠倒的孩子!

我翻到刚才漏掉的前面一页,那里有一张本节介绍的摄影师的头像。他与存留在我记忆中的年轻的传教士并不十分相像。在同一页的左下方,还有一张我们村子外旱裂的农田的照片。我好像又听到了我按下的那第一声快门……这就是我一生中拍下的第一张照片吗?

我又将书页翻过来。我好像又回到了那个天色阴暗的下午……或者说,那个天色"同样"阴暗的下午。我抚摸着那个神魂颠倒的孩子。我好像能够感觉到他对我的抚摸的感觉。我急于想知道照片下面那一行字的意思。正好有一对中国母女从我身边走过。我叫住了她们。自豪的母亲让她与照片中那个男孩年龄相仿的女儿翻译给我听。小姑娘清脆的声音立刻将我带进了那神魂颠倒的往昔。

"上帝选中的摄影师"……这是一个多么荒诞的神话!对我这样一个不断被历史抛弃的摄影师来说,这是一个多么荒诞的神话。

我从来没有告诉过我儿子在他们移民加拿大的那个夜晚我做的那个梦。我也不知道该不该告诉他在山脚下的图书馆里我意外地看到或者说注定要看到的这荒诞的神话,这与他的命运紧密相连的神话,这与我的命运紧密相连的神话。

通往天堂的最后那一段路程

> 呵,多么悲惨!我们的生命如此虚飘,
> 它不过是记忆的幻影。
>
> 《墓外回忆录》第二卷第一章
> 夏多布里昂

怀特大夫顺利渡过黄河之后,我父亲一直作为翻译在他的身边工作。在他去世前的那一天深夜,怀特大夫将他的一些私人物品托付给我父亲,其中包括他在西渡黄河之前写给他前妻玛瑞莲的信。怀特大夫解释说,这是他一生之中写给她的最后一封信。自从去年夏天闷闷不乐地离开马德里之后,怀特大夫就与他的前妻失去了联系。他甚至不知道她现在住在哪里。但是,他仍然不停地给她写信。怀特大夫说,不断地给他的前妻写信是他的一种生理需要。为了保证这种生理需要,每次开始写新一封信的时候,怀特大夫就会将前一次写好的信撕掉。这样,他就不至于因为积压而产生对写作的厌倦。我父亲后来将怀特大夫所有其他的遗物都交给了上级,但是,他留下了这封信。他这样做是因为他在整理遗物的时候读完了这封信。他非常清楚将这样一封信交给上级对怀特大夫没有任何好处。有很长一段时间,我父亲一直为自己的这种行为深感内疚。他甚至一度相信这是他一生之中犯下的最大的过错。直到他的晚年,直到他完全"觉醒"(他使用这个词的时候总是非常激动)了之后,他才意识到自己当年留下这封信是为中国和历史做了一件了不起的事情。他临终前将这封信交托给我。他说他希望将来有更多的人能够读到这封信。他说他相信人们从这封信中不仅可以发现一个"另外"的怀特大夫,还能够见识一个真正高尚的人,一个真正纯粹的人……一个真实的人。

下面就是一九三八年三月二十七日到二十八日的深夜,怀特大夫在黄河东岸的那座小村庄里写给他前妻玛瑞莲的信。我的翻译参考了我父亲的一些注释,并且得到了一位不愿意暴露身份的语言学家的指点。

傍晚的时候,弗兰西丝在一次心不在焉的空袭中丧生了。你可以想见我当时的心情吗?你可以想见我现在的心情吗?我知道,你不可能读到我写给你的这封信,就像我不可能再面对你那一双神秘而温情的眼睛。但是,我隐隐约约地感到将来会有许多的人读到我的这封信。也许那已经是另一个世纪的传奇了。也许我的读者散布于全世界……也许其中的一位就生活在我们曾经共同生活过六年的那座迷人的城市里。你还记得圣丹尼斯街上的那家咖啡馆吗?你拉着我的手说你知道我总有一天会要离开你。我一直觉得,这种伤感的说法其实是你亲近我的一种方式,甚至可能是最直接的方式。我知道,你渴望亲近我,就像我渴望你的亲近。可是,不管人们多么"亲近",他们其实总是要分离的,他们也总是已经分离的。即使我不去马德里,即使我不来中国,即使我们从来没有离开过我们在底特律的那座浪漫的小木屋,即使我们看上去那样难舍难分,我们其实已经"分离"。

我好像看见我的那位读者就住在我们住过的那座公寓里。那已经是下一个世纪了,比如二零零三年吧。那是我们的躯体永远也无法抵达的年份。那时候,世界上肯定还有战争。人们仍然会依靠战争来平息国家和党派之间的争端,来伸张其实永远只属于一方的"正义"。当然,那时候的战争也许更像是一场游戏。技术的优劣将成为决定胜败的关键。我看不清那位读者的脸,但是我想象他是一个中国人,就像现在生活在我周围的这些人。我与那个中国人相距六十五年。我们交换了我们的"祖国"。或者不用这个狭隘的词吧。你知道,我一直鄙视地理上的"祖国"。这是我从我们的家族继承下来的"知识"(或者说"病症"?)。你知道,我那位医术高超的祖父一辈子都生活在"寻找"的狂躁之中。他带领他庞大的家庭从一个国家走到另一个国家。他总是在寻找一种陌生的语言,一种他听不懂的语言,似乎只有生活在听不懂的人群里,他才能够抓住生活的意义,才保有对生活的激情。他曾经说,"祖国"就如同他已经无动于衷的妻子,他要靠"陌生"和"听不懂"的诱惑去寻找令他心潮澎湃的情人。我认同我祖父的这种"知识":我们只有躯体的出生地,而我们的灵魂应该无拘无束,飘忽不定……在过去,在现在,在未来。它是虚无,又是一切。它也许是一张床。它也许是一束光。它也许是一段文字。它也许是一个瞬间。它也许是一阵痉挛……好吧,让我想象一下:那个未来的中国人远离他的"出生地"来到了我的"出生地",就像我六十五年前远离自己的"出生地"来到他将来的"出生地"一样。我们不仅仅进行了一次地理上的交换,我们也交换了我们的时代。此刻,我正在想象他的时代,想象我的躯体永远也不可能抵达的二零零三年。而在我的想象之中,那个表情严肃的中国人正在阅读我们这个战火纷飞的时代,或者说是阅读关于我们这个时代的一种激情(或者伤感?)。你知道,我也同样鄙弃局限思想自由的"时代"。我们要借助想象冲破"时代"的局限。想象力是解放者。通过它,我们不仅成为我们自己,也成为我们的祖先,我们的后代,我们的主人,我们的奴隶……一句话,想象使我们成为人,真正的人。没有被想象力解放的生命是平庸的生命。想象力模糊了真实与虚构之间的界限。它形成的"模糊地带"正好就是生活中的华彩。这就是为什么阅读对我们如此重要的原因。一个好的阅读者就是生活的测量师。我相信那个未来的中国人就是一个好的阅读者。他会在阅读的时候加入自己的想象。我给你的这封信会被他当成我创作的另一篇小说(我知道你认为我没有一篇小说值得称道),而不仅仅是我内心世界的自然流露。你可以说这是误读。这种误读会让我对你的思念成为众说纷纭的谜团。这误读并不是"时代"之间的隔阂造成的。因为我知道,其实根本就用不着等到下一个世纪,也根本就用不着去等待那个还没有出生的中国人,在我们自己的时代,巨大的鸿沟就已经存在。我的一举一动都在遭受同时代人的误读。我内心世界的自然流露可能只会被一部分人相信,而在另外一部分人看来,那可能暴露的正好是我的伪善。比如你吧,你就肯定不会相信我因为你而遭受的折磨,就像你从来不肯相信我对你的爱一样。你总是说我对你的爱是抽象的"爱",是没有具体的对象或者说没有"你"的爱。我记得第一次在爱丁堡约会你的时候,你就这样说。你的语气那样肯定,又那样沮丧。它将卡尔顿山顶上的寒风永远地留在了我的心中。也许我不应该一开始就那样坦诚地向你揭示我们关系的扭曲特征:我说这种关系很可能会给你带来"不幸",但是绝对不会让你感到"平庸"。你的反应是那样的肯定和沮丧。你说你宁愿忍受平庸,也不愿意遭受不幸。这只是你给自己开出的一张空头支票。这只是你为我们共同的不幸预设的借口。你不可能忍受平庸。你会宁愿忍受我,可能会给你带来"不幸"的我。我从一开始就很清楚这一点。我也清楚这种忍受只可能最终将我们引向彼此的无法忍受。这是它唯一的方向……离婚摧毁了我,却并没有能够拯救你。这是我们共同的不幸。我们关于生命疯狂的体验是分离无法冰释的。我们共同的生活还在继续,在谁也看不到的时间之中,在漫无头绪的想象之中,在没有节制的寒风之中。我们共同的生活将背负着分离的凄苦伸延到我们生命的尽头。我理解你对我的渴望和怀疑。我理解你疯狂的逃避和抗拒。我自己也经常会不相信,不相信我脆弱的生命所经历的这超出想象的一切,不相信从我的笔下自然地流露出来的记忆,不相信用语言封存的欲望、懊悔和思念……现在我已经听不到震耳的爆炸声,已经看不到飞溅的肢体和鲜血。现在,我的世界是如此地寂静,静如虚空。我已经感觉不到对生命的恐惧和厌倦,也感觉不到时间的追赶和威胁。只有绝望的文字在陪伴着我……不,还有疼痛,绝望的疼痛。我不清楚是我的痛觉在触摸这不断涌来的文字,还是这些文字在触摸我好像永远也无法消除的痛觉……

傍晚的时候,弗兰西丝在一场心不在焉的空袭中丧生了。只有两架日军的飞机参与了这一次空袭。我们离开汉口已经五天了。我们已经到达了黄河的东岸。我们比原计划提前了七个小时。这意想不到的"提前"使我们在横渡黄河之前能够有这一段惬意的休整。而我可以利用这个空隙给你写下这封感情冲动的长信。最近每次给你写信,我都觉得自己写的是最后的一封信。现在,这种感觉似乎更加强烈,尽管我知道渡过黄河之后,去西安的一路上都不再会有什么特别的危险。在我的期待中,西安首先是一个澡堂。我们的领队几次说过,到了那里,我们就有机会洗一个热水澡了。我们的领队是一个性情温和又非常乐观的人。如果我当面向你提到他的这种性格特征,你一定马上就会说我应该向他"学习"。你总是这样。你从不会放弃任何一次羞辱我的机会。我接受你带给我的这种"不幸",因为你是我的暴躁性格和悲观情绪的受害者(其实我自己不也是一个受害者吗?),更因为我爱你,深情地爱你,疯狂地爱你,宿命地爱你,不得不爱你……伤害也许是爱情的属性,或者说是爱情的需要。我们这么多年来的互相伤害令我们的爱情如火如荼、刻骨铭心,即使到了我们的身体终于完全分离的此刻仍然是那样地如火如荼、刻骨铭心。我们的领队对他的革命充满了信心,因此也就对生活充满了信心。而我是因为不再相信平庸的生活,才投身到革命事业中来的。两年前,在我出发去马德里的那天下午,我就向你解释过这一点。你一定还记得。我记得你当时用右手托着我的脸,目光显得那样的无奈。你好像想告诉我,你救不了我,或者说是你害了我。不!我们都是受害者,对完美的贪婪和疯狂使我们成为受害者……我们的领队对胜利也充满了信心。他说胜利之后他就可以回家去看一看了。我猜想在他的家乡,他不仅有亲人还有爱人,因为每次谈起"家"的时候,他的目光中就会闪过一阵深深的欲望和孤独。那是只有我这种疯狂地爱过又被疯狂地爱过又远离了疯狂的爱的男人才能够捕捉到的欲望和孤独。两天以前,他与弗兰西丝在行军的途中讨论起了中国唐代诗人李商隐的一句诗。对"家"满怀深情的领队突然感叹说汉语中有许多让他感觉神秘的词语,比如"回归"。在他看来,"归"是一种心理的嬗变,饱含色彩和细节,而"回"指称的只是空间的迁移或者时间的流转,呈现的只是粗略的事实。我不喜欢这种很容易令人怀旧的讨论,因为我害怕时间。你还记得我们许多关于时间的讨论和争论吧。我说时间是一去不复返的"箭",而你说时间是不断完成不断重复的"圈"。我记得有一次争论的结果就是你拒绝与我做爱(我当时用一个粗俗的比喻悄悄地缓解了自己的失望:我心说你是拒绝让我的"箭"射入你的"圈")。其实不管时间是什么,在我看来,"过去"都是对生命的嘲弄。当我说我爱你的时候,我不是说我曾经爱过你。我是说我仍然爱着你。你的呼吸仍然惊动我的听觉。你的柔弱仍然颤动我的抚摸。你的忧伤仍然感动我的注视。你的迷惘仍然激动我的想象……我是说"此刻"。我是说此刻我正在爱着你。尽管我不知道你此刻的方位,但是我知道,我的灵魂始终与你的灵魂缠绕在一起,你永远是渴望我命中的靶心……你是吗?亲爱的,你为什么不回答我?为什么不告诉我你此刻的方位?你的沉默让我有时候会觉得你已经离开人世了,就像弗兰西丝那样。可是,这种恐怖的念头一点也不会令我屈服。我会用难以抑制的欲望驱散死亡的阴影,让你复活,让你重现,让你开放……让你为我而开放。我要。我要。我要你活着,尽管我甚至都不知道你的方位。我要你依然能够感觉到我如火如荼的欲望。

原谅我。原谅我用这种混乱的语言来表白自己。我记得在我们结婚之后不久的一次争吵中,你就指责过我语言的混乱,你指责说那是故意的混乱,那是我企图欺骗你的证明。你现在应该知道了,语言的混乱其实是激情的标志。你仍然是我无边的焦渴。你仍然是我无限的贪婪。你仍然是我茫无头绪的激情。

我们离开汉口已经五天了。刚刚离开汉口的时候,我们没有想到会出现后面的情况。一开始一切都很顺利。我们搭乘的火车先由京汉铁路北上,然后沿陇海线西行。火车前面的车厢非常拥挤,挤满了难民和伤兵。而我们使用的是加挂在火车尾部的邮车,远比前面的车厢宽松。但是第二天凌晨,火车在一个小站停下来,不能继续前进了,因为有消息说前方的一个大站已经被日本军队占领。我们在小站滞留了大约八个小时。我们的领队到附近的几个村庄进行了一次很有效率的动员,组织起了一支由四十二架平板车组成的运输队。每一架平板车由三只毛驴拉动。我们就这样将我们的物资装上平板车重新出发了。我们的领队已经对路线做了仔细的勘察,我们将沿着一条坎坷不平的土路一直走到黄河的东岸。

这一天的天气非常晴朗。我走在队伍的最前面,感觉自己就像是一部莎士比亚戏剧中的主角。表演的畅快沁透了我的身心。那是自去年夏天离开马德里以来从没有出现过的畅快。你知道我突然想起了什么吗?我想起了麦克白斯听到他妻子死讯时的那一段独白。啊,"生命不过是行走的影子。"我想这也许不是一种悲叹。那"毫无意义的喧嚣与骚动"也同样可能不是一种责难。我的生命就是需要喧嚣与骚动的生命,这一点你应该比我自己还清楚。同样,我也就是行走的影子。你也是。我们曾经行走在爱丁堡、伦敦和巴黎。我们曾经行走在底特律、多伦多和纽约。然后,我又怀着对你的欲望和思念独自行走在莫斯科和马德里的大街小巷。现在,我又来到战乱中的中国,行走在杂乱的城市和凋敝的乡村。我的一生都将在喧嚣与骚动之中行走。而这还只是行走的一种形式。还有另外的一种"行走",一种更重要的"行走"在推动着我的生命,你知道的。这就是内心的行走,思想的行走。在过去的三十年中,我从基督教走向了无神论,又从无政府主义走向了共产主义。只有这种不断的"行走"能够防止我极端的心灵进裂成疯狂的碎片。

但是,我畅快的行走被飞机的喧嚣声打断了。我回过头去。我看见的是一片混乱的景象。我们的队伍已经溃散了。所有人都惊慌失措地冲进道路两侧的农田。我也很快趴倒到农田边的一条小土沟里。一架日军的飞机朝我们的运输车队俯冲过来。它在队伍的前面扔下了四枚炸弹,又在队伍的尾部扔下了四枚炸弹。一共有五架日军的飞机参与了这一次看上去就像是即兴的空袭。轰炸结束之后,我穿过混乱的人群,奔向运输车队的尾部。我想马上知道弗兰西丝的情况。完全出乎我意料的是,车队的尾部这时候已经变成了一个急救中心。弗兰西丝正跪在地上紧张地处理着伤员的伤口。她的头发和面颊上都布满了灰尘,她的全身都沾满了血迹。但是,她显得非常沉着和镇静。她的动作肯定果断,又有条不紊,没有丝毫的变形。我在她的身边跪下来,想帮她做点什么。但是,我的身体突然颤抖起来……不是因为恐惧,而是因为惊奇。我突然觉得这个跪在我面前,身上布满尘土的女人是你。也就是说,我突然觉得我的身体再一次贴近了我的欲望、我的贪婪、我的一切、我的虚无……你知道吗,我曾经无数次梦想过我们会有一次血与火的旅行。这也许就是我说的将要带给你的"不幸"。可是我们一直没有。我们共同的生活中有迷人的温馨和烦人的争吵,却没有尘土与硝烟、血与火。我只能在飘渺的梦幻中去品味我带给你的"不幸"。

弗兰西丝毫无表情地看了我一眼,冷冷地说:"这不是马德里。"然后,她又继续埋头包扎伤口。她冷冰冰的话令我清醒过来。我知道,她的这句话起源于我们在跨越太平洋的枯燥航行中的那些交谈。她似乎非常同情我在西班牙的痛苦经历。那种同情让我将她当成了值得依赖的倾诉对象。我告诉了她一切,除了私生活之外的一切。战地记者的报道将我描述成一个临危不惧的人。事实上,一开始并不是这样。在马德里遭遇第一次空袭的时候,我其实非常紧张也非常恐慌。我在枯燥的航行中告诉过弗兰西丝这个小小的秘密。应该感谢她冷冰冰的提醒。那是她对我误读。应该感谢她的误读。它将我从幻觉中唤醒。我看清了跪在我面前的女人不是你。这个身上沾满血迹的女人不是你。可是亲爱的,你在哪里?我不知道你此刻在哪里,跟谁在一起。我知道你迷恋温馨舒适的生活,或者说"正常"的生活。我知道我无法给你那种生活。我不想知道谁能给你那种生活,不想知道谁正在给你那种生活,天哪,我不想遭受这龌龊的想象的折磨……但是,我想知道你在哪里。亲爱的,此刻你在哪里?

除了人员的伤亡之外,这次空袭还令我们损失了三分之一的毛驴。有一头毛驴被炸掉了一只耳朵和一条腿,正躺在泥地里挣扎。包括领队在内的所有人都不知道应该怎样处理它。最后是我用手枪为它解除了痛苦(我在马德里的郊外有过两次类似的经历)。我们没有时间可以耽误了。有情报说,一支日军的机械化部队正朝黄河岸边开过来。我们必须在三月二十八日之前赶到那里,做好渡河的一切准备,否则卷带着沉重历史感的黄河将会成为我们的坟墓。

空袭之后的那一个夜晚我们在一座废弃的村庄休整。村庄里只剩下了一个双目失明的老太婆。弗兰西丝问她为什么没有逃离。她回答说她的生活已经不可能再坏了。她拒绝跟其他的村民一起背井离乡。老太婆家的两间土屋是这座被轰炸过多次的村庄里最奢侈的住处。我们的领队将弗兰西丝、布朗医生和我安排在那里(他对我们这些外国人总是特别照顿)。我非常疲劳,很快就睡着了。但是在深睡之中我突然感到有人推了我一下。我迷迷糊糊地睁开眼睛。我看见了黑暗中的那个人影。那是一个女人,她紧靠在我的土炕旁。我看清楚了:那不是你。那是弗兰西丝。我惊恐地坐了起来。我记得在底特律的时候,你经常在半夜惊醒,跪在我的身边,用你迷惘的目光注视着我,直到最后将我惊醒。亲爱的,你无声的注视可以将我从熟睡中惊醒,你知道你有多么疯狂吗?你知道我有多么疯狂吗?你知道我们有多么疯狂吗?……现在,我仍然能够感觉得到你那深不可测的忧伤。那忧伤到底源于什么?那连如此疯狂的爱都不能驱散的忧伤到底源于什么？……我看不清楚弗兰西丝的表情。我伸手过去扶着她的腰，示意她在士炕边坐下来。我感觉到了她身体的冰冷和颤抖。我问她出了什么事。她机械地摇了摇头。我用另一只手抚摸着她仍然布满灰垢的头发，问她到底出了什么事。弗兰西丝突然失声痛哭起来。我轻轻地抱住她，哀求她告诉我到底出了什么事。在这样深的夜晚，在这样一个与我们的记忆和我们的痛觉没有太多关联的地方，我不知道一个女人会因为什么而如此地伤感。何况这是一个在战场上表现得那样勇敢的女人。弗兰西丝哭得很放肆。她好像是要用她的伤感来羞辱这陌生的夜晚。她一边哭着，一边断断续续地向我叙说她下午的感受。那已经不是她第一次经历血腥的场面了，可是那种场面总是带给她坠入了地狱的感觉。她说她害怕极了。她说她每次都害怕极了。

在汉口就与我发生过多次争吵的布朗医生一开始也在我们的队伍之中。我的这位同行是圣公会派来的传教士。他对无神论的敌意已经到了疯狂的程度。他年轻时在多伦多曾经与我父亲有过一些接触。他好几次故意强调说他非常敬重我的父亲。这是他对我的挑衅。这是他对我的叛逆的挑衅。他知道我跟我的家庭著名的决裂。他知道我无法忍受那个家庭虚伪的信仰和道德。我是一个艺术家。我是一个无神论者。我不能接受"罪"的假定。我无罪。在我们离婚之前,你也经常表达你对我的"无法忍受"。所以,你一定能够理解我对他们的"无法忍受"。可是,布朗医生不可能理解。我总是努力避免跟他谈话,因为我们所有的谈话都一定会演变为争吵。布朗医生对我显然也没有什么兴趣。因为他能够讲流利的汉语,他是我们的队伍中最受欢迎的人物。我曾经非常嫉妒弗兰西丝与他的相处,嫉妒他们在英语和法语之外还拥有第三种共同语言。当他们用汉语谈笑风生的时候,我感觉自己是一个被命运再次抛弃的男人。有一次,我甚至盼望有一场突如其来的空袭打断他们的交谈。后来,我发现我的嫉妒完全是多余的。有一个十分生硬的词早已经为他们划清了界限。这个词就是"阶级"。

布朗医生对我最大的羞辱其实并不是他说出来的那些话,而是他从来不说,我却总是能够清晰地感觉得到的"潜台词":他那高贵的出身。他来自北美最富有也是最有权势的家庭之一。他们家族为历史贡献过不少著名的人物。而布朗医生可能是那个家族出产的最叛逆的人物。他鄙视财富又鄙视权势。几年前,他的祖父曾经给他留下过一笔惊人的遗产,而他却将它全部贡献给了他所属的教会。同样地,我也鄙视财富。可是,因为我从来就没有享受和拥有过巨大的财富,我的鄙视很容易被人误读,甚至遭人鄙视。在与布朗医生发生激烈争论的时候,我会憎恶自己竟与一个有这样背景的人享有共同的激情。这种激情让我们选择了同一块土地和同一段历史来延续(或者是考验?)我们的生命。而布朗医生似乎比我拥有更加广阔的天地。他是一个博爱的人。他的服务对象无所不包:国民党人、共产党人、普通民众甚至日本军人。谁都知道,他在南阳开办的那家医院在一天之内可以先后为所有这些人服务。从这个意义上说,他的手术刀是一把纯粹的手术刀,一把高尚的手术刀,一把有益于人民的手术刀。而我的手术刀同时还是我的武器。我会用它刺破日本法西斯军人的心脏,我会用它割断一切反动派的喉管。

我们在服务对象上的选择(或者说我的选择以及他的不选择)注定了我们在历史中的命运。布朗医生是注定要被历史摒弃的。而我,如果我们领队的信心可信的话,我将与共产党人的"胜利"一起被写进历史。这种胜利将给予我"永垂不朽"的特权。我有可能会成为"纯粹"和"高尚"的象征,并因此而成为在这个国家家喻户晓的人物。你觉得这很荒谬吗?你一直都不信任的人却得到了亿万人民的信任……这就是历史。在我看来,全部的历史都是用误解写成的。你知道我从来就没有想到过要成为家喻户晓的人物。我像鄙视财富一样鄙视名声。我是因为你或者说因为失去了你,因为对你的疯狂的爱,因为这种爱的折磨,因为这种爱引发的痛苦和绝望,才不远万里,来到这个国家的。如果我真的成为了一个家喻户晓的人物,那肯定是我的悲剧。那意味着我最终还是没有得到我苦苦追寻的自由。当我被奉为英雄的时候,我实际上就遭受了布朗医生同样的命运:"我"就从历史中消失了……那个在你的怀抱中活生生的"我",那个在你的身体中活生生的"我",那个在你的忧伤中活生生的"我",那个令你激动不已又痛苦不堪的"我"。亲爱的,你知道,我只想成为你一个人的英雄。

弗兰西丝的选择不像布朗医生的选择那么费解。她出身于一个贫苦的家庭。她对苦难有天然的认识和朴素的感情。而我的"阶级"正处在他们两者的"阶级"之间。我们三个来历如此不同的人,居然来到了同一个古老的国度,居然走在了同一条乡间小路上,以及同一支由毛驴拉动的平板车队……这也许就是"上帝"的设计?不,我是无神论者。我不相信这是精致的安排。我认为这只是荒诞的巧合。我们只是任凭历史摆布的棋子,而历史的棋局竟是如此地荒诞。

在弗兰西丝失声痛哭的第二天深夜,我们的队伍在一片小树林里宿营。不知道为什么弗兰西丝、布朗医生和我都没有睡意,我们就围坐在一起谈起了我们在地球另一侧度过的童年。布朗医生很谦逊。他说起话来慢条斯理。听得出来,他在叙述中有意省去了许多可能会刺痛我们自尊心的生活细节。而因为我主要想表达的是对家庭的憎恶,也同样需要故意跳过许多日常生活中的"幸福"场面。相比之下,弗兰西丝显得最坦率。她一点也不掩饰她童年生活的窘迫。她甚至说,每次回忆起童年的生活,她都会有一种进到了天堂的感觉。

就这样,"天堂"进入了我们的话题。你当然知道,布朗医生的"天堂"是唯一的和永恒的。那是他的信仰中的一个"地名"或者说是"极点"。它是我们死去之后,也就是我们的灵魂与肉体相分离之后,灵魂的一个去所。这个去所是对"信"的奖赏,是对"善"的奖赏……因为还存在着另一个惩罚性的去所,进入布朗医生的"天堂"是需要门票的。没有得到门票的灵魂就将在"地狱"接受永恒的惩罚。在布朗医生看来,对和错、善和恶、真和假、信与不信等等都存在着明确的对立,就像亚里士多德的形式逻辑法则规定的那样。而"天堂"和"地狱"的对立就是所有这些对立的裁决形式。你当然知道,我对这种高高在上的来世的"天堂"从来就没有什么好感。你应该还记得当我知道你在这一点上与我有同感的时候,我是多么地满足和兴奋。

而弗兰西丝的"天堂"却不是一个"地名",也不是一个"极点"。当然,它也不是唯一和恒定的。它更不存在于来世。它如同流动的盛宴。它是她心灵与肉体共同的感觉。它是她全身心地投入的生活或者说生活中的华彩部分。在那里,所有的对立都已经消除。在那里,过去、现在与未来和谐地融为一体,时间就像是一棵长青的树……我想起了前一天深夜发生的奇迹。我想那座荒弃的村庄里的那间破烂不堪的土屋就是弗兰西丝生活中的"天堂"。在那里,她的眼泪流进了我的记忆。我突然抱紧了她。我的激情驱散了她的恐惧,将她从下午的地狱之中拯救出来。我们用英语和法语亲密地交谈着。在中国乡村充满焦虑的黑暗之中,我们像两只深海里的小鱼,在元音和辅音动人的组合里触到了生命斑斓的色彩以及心灵游弋的畅快。

你知道,作为一个坚定的无神论者,我其实对这个话题并没有什么好感。但是,生活中一个很神秘的细节将我迫不及待地推进了这严肃的讨论。在离开汉口的前一天深夜,我又梦见了你在卡尔顿山顶上的背影。你还记得吗,你轻轻地说,你想去抚摸那一排庄严的立柱?我梦见你的背影与那一排立柱缠绕在一起。我朝你谜一样的背影走过去。突然,我发现你飘起的围巾上闪动着一行晃眼的文字。我被那一道闪光惊醒了。我有点恐惧,又有点兴奋。我怀疑那一行神迹一般的文字是一部艺术作品的标题。一幅油画或者一篇小说?我已经很久没有摸过画笔了。我最后画下的你的身体标志着我整个艺术生命的终结。你知道那一次我的审美趣味建立在一种什么样的"逻辑"之上吗?我终于发现了我的作品与你的身体的关系。我觉得是你的身体来源于我的作品,也就是说,是你来源于我的艺术,而不是相反。这也许就是我们永远都无法割舍对方的原因,哪怕我们已经被我们绝望的焦虑分开了,哪怕我们的分离已经得到了法律平庸的承认,哪怕我们现在都不知道对方的所在……而如果那是一篇小说的标题,我就会更加感到羞愧。你对我的写作毫不留情的挖苦从一开始就让我无地自容。你还不知道吧,自从你批评我去西班牙之前完成的那部小说形式陈旧、内容肤浅,我就发誓再也不去尝试"小说"这种令我敬畏的艺术形式了。你的口气可能有点过分,但是你的批评并不是没有道理。我记得你有一次还批评我写的一部独幕剧里的人物爱憎过于分明。是的,我有过强的政治倾向和冲动。我的文学创作过多地受到了我的政治激情的影响。我承认,不管是小说、诗歌还是戏剧,多年来,我在这些方面的尝试都是失败的。而绘画不一样。绘画逼迫我沉默,因此我能发出的"声音"就更加丰富。我在用颜料和画笔创造你的时候,你不会被简化为政治符号或者道德准则。我从来不会在画布上将你表现为一位从人生的战场上凯旋的"战士"。你是一个女人,一个复杂的女人,一个与成功和失败无关的女人,一个渴望快乐又沉迷于忧伤的女人,一个无法用陈词滥调来美化或者丑化的女人,一个谜一样的女人,一个为诱惑并且只为诱惑做注释的女人……总之,你是我的女人,过去是,现在是,永远都是。亲爱的,原谅我这么说。原谅我仍然使用这粗暴的"所有格"。这是我的独白,不是对你的要求。你不需要为这语言的暴力尽任何的义务。你知道吗,我现在生活在地球的另一侧,可是我仍然经常回想起你在我作品中的裸体和你在我生活中的裸体。也许你真的是一位"战士"。我也是。当我们为冲击生命的高潮而奋力拼搏的时候,你是我的敌人还是我的战友?时间是我们的敌人。时间是。但是,时间也是我们的战友。我们身体的搏斗最后变成了我们与时间的搏斗……在巴黎的那些白昼和夜晚,在爱丁堡,在底特律,在多伦多……到处都有我们开辟的战场。后来,当我独自穿越带着血腥味的枪林弹雨的时候,我总是想起我们充满神奇和芬芳的肉搏:那是我们生命中永不凋谢的玫瑰。

为什么我又在这里突然谈论起艺术来了？我现在的状况与去年夏天离开马德里的时候完全不同了。那时候，我可以说是丧魂落魄，对自己和对革命都已经彻底绝望。在横渡大西洋的忧郁的航行中，我给组织写过一封很长的信。那是一封语气含混、结构混乱、思想矛盾、情绪波动的信。我在信中对西班牙内战的前景蜻蜓点水，对其他的现实问题更是避而不谈。但是，我却花大量的篇幅讨论起了艺术家应该过怎样的生活。我的论点自相矛盾：一方面，我强调艺术家应该过一种远离现实的悠闲生活，另一方面，我又认定艺术家应该比常人更善于行动和更敢于行动。这是一个失意的理想主义者典型的自相矛盾。那时候，我对现实灰心失望又念念不忘。我希望艺术能够扶助我沉沦的灵魂，也希望艺术能够成为我行动的天地和激情的归宿。现在的情况完全不同了。现在，我又重新回到了革命的洪流之中，又在现实的时空中找到了激情的归宿和行动的天地（有时候，我真觉得革命本身就是一种艺术）。可是，我为什么突然又像一生中最失意的时候一样滔滔不绝地谈起了艺术呢？难道绝望又在集结，难道我的身心又将遭受新一轮的重创？

傍晚的时候，弗兰西丝在一次心不在焉的空袭中丧生了。只有两架日军的飞机参与了这一次空袭。它们好像是在返航的途中偶然遇见我们的队伍的。我们听见沉闷的马达声马上就散开了,在道路两侧的农田里卧倒下来。不!还是回到我们讨论"天堂"的那个夜晚中来吧。为什么说"那个夜晚"?其实它就是昨天晚上发生的事,可是我觉得它已经发生很久很久了。我知道这是因为这两个夜晚之间隔着弗兰西丝的死……这让我无法接受的空缺是更深的黑暗,它改变了我对时间的感觉。我们都知道,有的时候,近的事物会远离我们,而有的时候,远的事物却又会朝我们逼近……因为记忆,因为期盼,因为绝望,因为伤感。记得我们在贝克莱故乡的那个下午吗?我们坐在一家街角的咖啡馆里从他的那句名言讨论起了人的感觉。我很高兴你同意我对"远"和"近"的看法:根本就不存在绝对的"远"和"近"。只存在我们感觉中的"远"和"近"。昨天晚上对我已经很远很远了,而我们在贝克莱故乡的那个下午却是那样的近。那距离我们已经有二十三年了吧……可是,我的心灵中依然残留着那个下午你的指尖的温度。它在我身体中掀起的波澜至今依然能够让我迷失方向。

与"天堂"相伴的这个夜晚非常安静,安静得就好像是在"天堂"本身一样。清凉的空气中夹带着沉缓的流水声。那流水好像想带走我们所有的烦恼和我们深深的疲劳。清淡的烛光扑打着我们的面孔。我们在看见对方的同时又好像看见了自己。布朗医生一大早就要与我们分手了。离我们的宿营地不远的那座小镇上有一座耶稣会的教堂。从很远的地方就可以看见那座法国式教堂的尖顶,它与四周中国乡村的环境很不协调。我们在天黑之后曾经去拜访过那座教堂。有两位属于法国外方传教会的传教士仍然留守在那里。他们告诉我们,小镇里的情况已经相当混乱。镇长两天前就已经携家逃走了。有消息说,日本军队很快将会从东面打过来。而教堂里面和周围都挤满了受伤的军人和逃荒的平民。整个小镇上只有一个"医生",那其实是一个名声不好的兽医。他一直公开宣称传教士是魔鬼的使者,从来就拒绝与教会合作。教堂里的药品早已经用完了。那些伤员已经两个星期没有换过药了,他们包扎伤口的纱布大都已经发臭。这两位传教士已经没有什么事可做,但是他们仍然不打算离开。他们不知道日本军人会怎样处置他们。报纸上已经有过不少日本军人杀害西方传教士的报道了。但是,他们还是不打算离开。布朗医生向他们保证说自己可以在那里停留几天,帮助处理情况重急的伤员。

离开汉口前的那天深夜将我惊醒的那一行文字是"通往天堂的最后那一段路程"。它如同一道强光,从你飘动的围巾上一闪而过。它中间的"天堂"和"最后"两个词让我有一种极为不祥的感觉。我绝望地盯着客栈房间的天顶。我想我的死期也许不会太远了。这是我重新回到革命的洪流之后第一次想到自己的"死亡"。也许我不应该这样想。如果你在我的身边,你也许又会用手捧着我的脸,让我不要这么想。是的,我不应该这么想,因为我的"天堂"与死亡和来世没有关系。我的"天堂"是你,从来就是你,永远都是你。与布朗医生的"天堂"相似,它也是唯一的和恒定的。与弗兰西丝的"天堂"相似,它属于永远的现在,它永远只属于现在。它是我灵魂和肉体共享的家园。它是我生活中的华彩。当你消失的时候或者当我感觉不到你的时候,我就坠入了与这"天堂"对立的场所。亲爱的,如果没有你,这世界就是一座暗无天日的"地狱"……我绝望地盯着客栈房间的天顶。我怀疑那神迹一般的文字是一部艺术作品的标题。可是关于那部艺术作品本身,我没有从梦中得到任何的启示。我想它应该非常复杂,就像让我们痛苦不堪的爱。我想它应该经受得起无限的"误读",就像让我们痛苦不堪的爱。

借着那神秘的宁静和光影,我向弗兰西丝和布朗敞开了我的"天堂"。我没有提到你的名字。我只是说,我的"天堂"就是我的"爱"。我说我的"爱"就存在在这个世界上,却又是我的生命无法抵达的地方。弗兰西丝说我的"天堂"应该与她的"天堂"非常接近,但是"无法抵达"却让她无法理解。而布朗医生开始先是调侃我的神秘主义。他说芝诺应该以爱神厄洛斯为主人公补充一条关于"无法抵达"的悖论。后来,他又说,只有对上帝的"爱"才能够将我们带进真正的"天堂"。

我没有理睬他这种偷换概念的做法。不过我想,"无法抵达"的确会让"天堂"失去本来应该非常强烈的诱惑。其实,对很多人来说,"天堂"很可能就是一个具体的地方,比如我这一次漫长旅行的目的地,因为它标志着理想和激情的归宿。我从多伦多出发,环绕半个地球,来到了神秘莫测的中国。现在,我离我向往的目的地只有最后的三百公里了。自从去年秋天读到斯诺的作品,我的生活就有了新的方向,新的目的地。我终于从被迫离开西班牙之后的那种沮丧情绪中挣扎出来了。当然,我的欣喜之中经常会夹杂着一阵惶惑。我不知道我的想象与我即将目睹的"真实"之间是否会存在巨大的差距。只有爱是超越"真实"的,因为它在很大程度上就是一种想象,关于"和谐"或者"同一"的想象。而在革命圣地,许多的"真实"会令我不知所措。在马德里,我已经有过这样的经历。在莫斯科,我也有过类似的经历。你知道,三年前的莫斯科之行像十年前的肺结核一样剧烈地改变了我。十年前,我第一次站到了死亡的边缘,第一次看到了生命的荒谬。我没有想到奇迹会在绝境之中出现:我用在同行们看来是自杀性的激进发明挽救了自己的生命。我从死亡的边缘回到了人间。但是,我从此不再相信"平静"和"安逸"的生活,或者说我对实际的生活失去了兴趣。死亡是一种即兴的表演。生命随时都可能中断。从这个意义上说,生活中所有的"实际"都是不切"实际"的。我的转变就这样开始了。我开始热衷于各种形式的社会变革。我开始崇尚"毫不利己,专门利人"的生活。是的,也许正是这种生活放大了我们之间的隔阂,让你有了"不幸"的感觉。你终于无法忍受了。你终于离开了我。你说你在我这种革命性的生活方式中找不到自己的位置,找不到属于你自己的温暖。你有一次甚至用粗暴的语气对我说,"专门利人"其实就是最大的"利己"。这又是你惯用的语言暴力!你的这种说法让我觉得语言就像金钱一样是人类最异化的发明:它貌似服务于人的奴仆,其实却是喜欢肆意蹂躏人的暴君。你看你用一个简单的系动词,就在"利人"和"利己"这两个极端之间划上了等号。我还能说什么呢?你可以用这简单的肯定句去否定一切啊。亲爱的,你为什么要这样使用语言呢?你知道吗,你的这种说法给我带来的伤害是永远不可能治愈的。

后来我总是想,如果语言总是能够将一个词或者词组等同于它的对立面,背叛就是一切事物的本性,也就是最基本的"人性",因为语言与事物互为镜像,而语言的特征来源于事物的特征又决定了事物的特征。后来我总是想,人类的一切错误其实都根源于语言的错误或者语言使用的错误。我们是语言的受害者又是它死心塌地的同谋。

好了,还是回到我自己生活的逻辑中来吧。后来的莫斯科之行又一次剧烈地改变了我。我从一个单纯的理想主义者转变成为了一个共产主义者。当然,关于莫斯科的想象与我在莫斯科目睹的真实之间还是存在着一定的差距。在那短短的几个星期时间里,我也已经看到了被视为是世界上最优秀的社会制度体内的一些极其危险的症状。也许是我的职业给了我这种敏锐。这是我回到蒙特利尔之后一度拒绝参加共产主义小组活动的重要原因。我说我还不够条件。其实,我是心存疑虑。但是,我的激情很快战胜了我的疑虑。我完成了向一个共产主义者的转变。后来在西班牙遭受排挤的经历也没有动摇我的信仰。有时候,我真的觉得"真实"是一个恶魔。它总是在伺机伏击我们纯洁的想象和崇高的理想。我不知道这恶魔的幽灵是不是也徘徊在中国的北方,徘徊在我心向神往的目的地。但是,我可以肯定,那"真实"的恶魔同样无法改变我对革命的信念。

我还没有来得及将"天堂"就是前方的革命圣地的想法说出来,我们的领队就走进了我们的讨论之中,并且给出了他自己关于"天堂"的看法。他的脸上总是闪烁着坚定的微笑。我记得那天在与弗兰西丝讨论李商隐诗歌的时候,他说他最不能够接受的情感就是忧伤。他说他总是生活在希望的阳光之中。这种阳光也总是照耀着他的"天堂"。他"天堂"的方位简单明确:革命的领导机关在哪里,他的"天堂"就在哪里。这正好与我最后想到的天堂就是"革命圣地"的说法完全一致。可是,我故意说,我觉得这样的"天堂"更像是布朗医生的那种,因为进入它需要昂贵的"门票"。我的说法令布朗医生非常气愤。他的脸涨得通红。他说将他的信仰与共产主义联系在一起是对他的侮辱。他拒绝将我的幽默翻译给我们的领队听。是弗兰西丝翻译了我的话。我们的领队没有生气。他坚定的笑声令那略带寒意的夜晚充满了善意。

连续两个通宵的谈话使弗兰西丝非常疲惫。早上重新出发的时候,我们坚持让她躺在一架货物不多的平板车上。弗兰西丝轻轻地闭着眼睛,但是她并没有睡着。我紧跟在平板车的旁边。我能够清楚地"看见"她迷人的呼吸。她的呼吸很深,而且充满了对生命的渴求。每一次呼吸之后,她的嘴角就会绽开一束顽皮的微笑。我不知道她是在呼吸阳光,还是在呼吸大地。也许她是在呼吸我?就像从前的你一样。她用食指梳理头发的动作令我想起你。一阵绝望的颤栗突然从我的身体里穿过。

布朗医生与我们分别的时候显得有些迷茫。他说如果我们不能够在地球上再见面了,将来也许还可以在天堂里重逢。他把"也许"说得很重,这强调令我非常敏感。等他走远了,我告诉弗兰西丝,布朗医生肯定认为与我重逢的机会不大,因为像我这样的人进天堂的机会非常渺茫。"那只是他的天堂!"弗兰西丝不以为然地说。是的,我们穿过这凋敝的土地,经历这血腥的战争,忍受这巨大的寂寞,面对这极度的危险……这不同寻常的生活经常会让她体验到"天堂"的荣耀和惬意。我深情地扶着弗兰西丝的肩膀。我非常羡慕她的"天堂"触手可及,我非常羡慕这触手可及的"天堂"给她带来的绝对自由……我流下了庄严的眼泪。

我流下了庄严的眼泪,因为我的"天堂"遥不可及,从来就遥不可及。我的"天堂"是你。是你一次次将我从地狱般的痛苦中拯救出来,让我感受到进入"天堂"的荣耀和极乐。但是,分离始终笼罩着我们的爱。即使我们紧紧地缠绕在一起的时候,分离的痛苦依然在折磨着我们。这是我们的疯狂的一个重要的标志。是的,最后是你离开了我。你说你无法忍受我们的爱。你说你无法忍受我们对彼此的贪婪。现在,我连你到底在哪里都不知道,我甚至不知道你是否还"在"。我只知道,我们之间的距离会因为我绝望地朝向你的行走而越来越大,或者说通往"天堂"的路程会因为我的行走而变得越来越长。这很像是一个古希腊的悖论。它在用"无限"诱发我的绝望。

就在这个时候,我又一次被推到了地狱的边缘。我注意到前面的一个小兵走路的姿势非常奇怪,而且他每走几步就要停下来吃力地呼吸一阵。因为不断有难民和伤兵加入,我们这一队人的结构已经变得相当复杂。我不知道这个孩子是什么时候加入进来的。我快步赶到他的身旁。我发现他的脸色极为难看,而他的呼吸也已经非常细弱。他棉衣前后那两大块乌黑的血迹让我意识到了问题的严重。我要求他马上停下来。我解开他的棉衣。刹那间,一股剧烈的腐臭从他的身体里喷发出来。这是一个还不到十五岁的孩子。他所在的连队一星期前遭遇了日本军队的埋伏。他是唯一的幸存者。但是在激战中,他也被子弹击中。子弹穿过他的肺部从他的后背飞了出去。负伤之后,他不仅没有接受过任何治疗,也没有过完整的休息。他从尸体堆中爬出来,连续行走了两天之后,遇上了我们的车队。现在,他的第三肋骨以上的胸腔内已经积有大量的脓液。而他的心脏已经往左侧偏移了将近七个厘米。如果不是亲眼看见,我绝不可能相信会有这种幸存的奇迹。我安排他躺到一架平板车上。可是,这对他并不是合适的办法,因为路面坎坷不平,平板车不断的摇晃激起了这个孩子剧烈的咳嗽。我找到我们的领队,问车队能不能停下来,让这个生命垂危的孩子稍稍休息一下。我们的领队没有理睬我的要求。我告诉他,如果得不到休息,这个孩子很快就会死去。而我们的领队说,如果车队停下来,我们大家就很快都会死去。我不想再说什么了。但是我不愿意看着这个孩子就这样死去。我回到弗兰西丝的身旁,想向她求助。我首先向她描述了这个孩子的情况。在说到他心脏偏移的状况时,我突然感到了一阵强烈的恶心。这是对"战争"感到的恶心。这是我第一次对"战争"感到的恶心。在用激进的疗法战胜了肺结核的病魔之后,我一直是战争的崇拜者,就像那些表现主义的艺术家一样(你知道我的画风也与他们的非常相似)。我相信战争是颠覆平庸生活最理想的方式,是一种救赎,一种美。但是,我突然从一个不可思议地幸存下来的孩子的身上,不,应该是从一个不可能幸存下来的孩子的身上,看到了"战争"的丑恶。弗兰西丝紧紧地握着我的手。她知道我又一次被推到了地狱的门口。她知道我的幻灭。她也没有办法帮助那个生命垂危的孩子。她只能用她布满灰尘的注视抚摸着我绝望的心灵,让我不要掉进地狱的深渊。我又一次获救了。我又一次获救了。我用充满感激的语气告诉她,这获救让我想起了我的"天堂",想起你。弗兰西丝没有嫉妒。她仍然紧紧地握着我的手。她仿佛是在告诉我,这时刻也是她的"天堂",或者我和她共享的"天堂"。

大概过了一个小时,我们的领队走过来告诉我那个孩子已经断气了。他说没有任何人知道他更多的来历。他说他已经安排人将他埋在道路旁边的农田里了,就像对一路上死去的其他人一样。这时候,我想起我们在巴黎时一起去看访拉雪兹神父公墓的情形。我还记得站在肖邦的墓前你问过我的那个问题。那时候,我们多么年轻。除了墓地,恐怕没有任何事物能够向我们提示生活的极限。二十多年过去了,可是你的问题还像傍晚的空袭一样清晰。你问我将来想被埋在哪里。那时候,"中国"对我来说还只是一个语义贫乏的专有名词。我怎么也不会想到我将来会走进它,成为它的一个组成部分,并且为它添加新的语义。还记得我当时是怎样回答(或者说"回避")你的问题的吗?我说,我会埋在你的身旁。你那时候笑得那样刻毒。我知道你一定不愿意。你已经受够了我的梦话和呼噜,你一定不愿意我继续影响你一直都很脆弱的睡眠。现在,我们离得这么远。只有通过写作,我才能够让你听到我的声音。我还可以再回答一次那同样的问题吗?现在我知道我将被埋在中国……如果在到达目的地之前死去,我也会像那个孩子一样被埋在道路旁边的农田里。我的尸体很快将会在这贫瘠的土地中腐化。而我的灵魂(让我再一次背叛唯物主义)在下地狱之前会继续困扰你的身心。如果你将来有机会升入布朗大夫的"天堂",我们就永远也不会有重逢的机会了。我们将在对立的场所忍受生后的寂寞,而我们曾经有过的生活就将永远只是更加孤独的"记忆的幻影"。

我没有死在路上。我已经顺利地到达了黄河的东岸。再过一段时间,我们就要西渡黄河了。现在,我的确对"死亡"有强烈的预感,我知道我肯定不可能再回到自己出生的地方去了,我会死在这个对我来说是"命中注定"的国家。在我死后,我也许会拥有一块用这个国家的标准来说相当奢侈的墓地。也许每年的任何时候都会有许多的崇拜者从全国各地赶来为我扫墓。也许我会被神化为这个古老国家的英雄。可是,这里的人民不了解我,也不可能了解我。不是因为他们听不懂我的语言,而是因为他们不是你。只有你了解我。只有你能够了解我。只有你的了解才是我的渴望和荣耀。你知道,只有你知道,我寂寞的阴魂渴望听到的是一段莎士比亚的诗句,而不是那些平庸的扫墓者千篇一律的颂词。我渴望你来到我的墓碑前,用对我的听觉异常敏感的声音为我吟诵"分离是如此甜蜜的忧伤"或者"然而,我会用珍惜来伤害你"。只有你天籁般的声音能够安抚我焦躁不安的阴魂。

现在我就听到了你的声音。你在向我讲述傍晚时的那一次心不在焉的空袭,好像不是我,而是你经历了那昙花一现的历史,那"永远不可能从中醒来的噩梦"。只有两架飞机参与了那一次空袭。它们好像是在返航的途中偶然遇见了我们的队伍。我们听见沉闷的马达声马上就散开了,在马达两侧的农田里卧倒下来。飞机只是象征性地扔下了三枚炸弹就飞走了。可是,其中的一枚正好落在了弗兰西丝隐蔽的地方。我刚刚才知道弗兰西丝实际上是被炸成了碎块。当时,我们的领队不让我接近她遇难的地方。三个年轻的士兵将我按倒在地上。我声嘶力竭地吼叫着,像一头怒不可遏的困兽。灰蒙蒙的落日刺红了我的眼睛。我能够模模糊糊地看到不远处的农田里的那些忙乱的人影。我知道,弗兰西丝马上就会被埋葬在那里。

我们在天黑之前就进驻了黄河东岸的这座小村庄。天亮之前,我们将从离村庄不到一公里的那个渡口渡过黄河。在我刚刚安顿好之后,我们的领队过来为弗兰西丝的事向我道歉。我听不大懂他说的话,但是我知道他是在向我道歉。他没有必要这么做。如果我接近了弗兰西丝的那些碎块,又能够怎么样呢？我有再高的医术也不可能将那些碎块缝合起来,让弗兰西丝再一次撩动布满灰尘的头发或者再一次用温情的注视将我从地狱边缘拉扯过来。当时,日本军队离我们只有不到一百公里的路程了。我们必须"提前"赶到黄河东岸,与我们自己的主力部队会合。我理解领队当时的决定。他没有必要向我道歉。我甚至试图向他解释,对弗兰西丝来说,那毫无准备的死亡也许不是一个坏的结果。她完全来不及恐惧,刹那间就越过了生与死的界限。按照她自己的理解,这样的死亡也许就是生活能够给予她的最后的"天堂"。我们的领队当然听不懂我的语言,但是我相信他完全能够听得懂我的意思。他的眼睛里荡漾起了一阵深深的迷惘。这是我第一次看见他失去方向。这只是短短的一刹那,也许短得就如同弗兰西丝跨越生死界限的一刹那。然后,他就离开了。他将他的马灯留在或者是忘在了我炕头的小桌上。我就是借着这马灯微弱的光线写下了给你的这封激情的长信。

其实现在我已经平静下来了。这是我刚才那一阵写作的风暴之后意想不到的平静。我突然觉得自己已经克服了对时间的恐惧。这也许就是所谓的"神性"吧。我这个彻底的无神论者居然也在自己的身上发现了"神性",这算不算是生命的奇迹?现在,是这"神性"而不是我在继续给你写信。你听到了"它"对你神圣的眷恋吗?

渡过黄河之后的路就好走多了,我们的领队告诉我们,因为通往"天堂"的大门已经敞开。一路上,我们会遇见许多年轻的学生和知识分子。他们中间的许多人都懂英语。也许我将有机会与他们交谈,了解他们对革命的狂热和对未来的向往。我曾经说过,所有的激情都具有同一种颜色。这种颜色就叫做"青春"。许多年过去了,我仍然是青春期症状的奴隶。与爱情一样,革命也是我的一种生理要求。你知道这一点。你痛恨这一点。在你看来,革命和爱情是两种对立的激情。

现在的问题是我们还没有找到足够的船只。按照正常的速度,起码有三分之一的人员无法在日本追兵到来之前顺利摆渡到黄河的对岸。在这座村庄的西侧,再过几个小时,肯定会有一场恶战。那时候,我应该已经站在对岸的山堆上了,因为我被安排在第一批渡河。不需要任何的想象力就可以想到,这条在人类文明史上如此沉重的河流很快将再一次经受历史的沉重。

我已经听到了部队准备出发的嘈杂声。是结束我们"在一起"的这又一个漫长夜晚的时候了。刚才我稍稍休息了一下极度疲劳的眼睛,并且长长地吁了一口气。这时候,透过眼睑前的灰暗,我似乎看见了我们在底特律那间小木屋里的灯光。这么多年以来,这灯光一直在照亮着我生命的旅程。我一直怀着一种奇怪的信念,相信那在记忆深处闪烁的灯光其实是从你忧伤的灵魂深处发出来的光亮。我知道我很快就会死去。也许仅仅是因为一场荒唐的医疗事故,比如我有可能会在战地医院的一次手术中不小心划破自己的手指,结果引起了致命的感染……我死于什么并不重要,重要的是,我会死在异乡,我会死在这里。这是我的宿命。现在,我已经不害怕死亡了。你知道,在与肺结核搏斗的那一段时间里,我已经经历了死亡可以掀起的所有惊涛骇浪……其实,在哪里死去对我也并不重要,因为我属于你,因为你是我永远不变的"天堂"。

可是你知道吗,这"天堂"又是我绝望的根源,因为它拒绝我最彻底的抵达。通往天堂的最后那一段路程就好像是一条无限延长的路,就好像是对我永不终结的惩罚。你为什么要用这种"无限"来惩罚我?就因为我对你的爱从来没有给你带来过安全感吗?……我们的爱就像是深不可测的黑暗。它那样的和谐又那样的矛盾。它是现实世界不存在的黑暗。它是因为我们的相爱才出现的黑暗,它是只有我们才能看得见的黑暗。我知道我的"天堂"就在这黑暗的最深处。这就是为什么我总是在"寻找"你的原因:即使你就在我的怀抱里,即使我就在你的身体里,我的这种寻找也没有停止,也不会停止。

是的,我清楚地看见了我们在底特律那间小木屋里的灯光。那是我们的共同生活开始的地方。那是我永远也不会结束的"寻找"开始的地方。这么多年以来,我好像随时都可以在那张温馨的小床上躺下,躺在你的焦渴中,躺在你的梦呓中,躺在你的懒散中……我不知道时间会怎样来构造未来的生活。但是我知道,许多年以后,记忆会成为我们的伪装,荣誉会成为我们的伪装,误解会成为我们的伪装。我知道,在这个动荡不安的国家,我将被供奉为英雄,我将被带上"高尚"和"纯粹"的桂冠,我将成为"毫不利己专门利人"的典范。可是,你知道,我是一个多么"自私"的人呵!在这个世界上只有你知道,因为你就是我的所"私",你就是我的"私"。你爱我,我爱你,我们一直都在用爱折磨着对方、折磨着自己。我们都知道这种折磨就如同我的"寻找"和你的忧伤一样永远都不会结束。哪怕我们的身体会被死亡吞没,哪怕我们的灵魂将被地狱与天堂分隔,这种难以忍受的折磨也不会结束。

还记得吗,在底特律的那张温馨的小床上,每次即将到达激情巅峰的时候,我总是要你告诉我,你是我的,从来都是永远都是。现在,我不知道你在哪里,甚至不知道你是否还"在"……可是我仍然想听到你同样的倾诉:"我是你的,从来都是永远都是。"通过这近乎绝望的倾诉,记忆中的幻影与生命融为了一体。这么多年了,你知道吗,一直是你的幻影在呵护着我脆弱的生命,我幻影般的生命……一直是。

我父亲告诉我,怀特大夫的所有手术刀上都刻着他前妻姓名的缩写。我父亲还告诉我,怀特大夫早就知道有一天他的手术刀上一定会染上他自己的鲜血。他说那是他的宿命,是他这个无神论者不得不相信的命运。他在临终前将自己写给前妻的这最后一封信连同他的手术刀等私人物品一起托付给了我父亲。我父亲告诉我,怀特大夫在临终前的最后一刻情绪非常激动。他用法语说了一句话。我父亲没有听懂,也没有能够记下来。我父亲说他好像是提到了夏多布里昂。

我父亲告诉我,他们的领队后来就一直生活在他所说的"天堂"之中。他后来一直在中央机关工作。一九六八年五月的一个下午,一群年轻人冲到他的家里,将他从病床上拖下来,捆绑到一个批斗会的会场。他们说他是杀害怀特大夫的凶手。批斗会达到高潮的时候,一个年轻人愤怒地抡起手里的铁棍,劈打到了领队的头顶上。领队应声倒地,当场就失去了知觉。他失去了他的"天堂",而他的"天堂"也永远失去了他。一个月之后,同一群年轻人南下到了我们居住的这座城市。他们三次搜查了我们的家和我父亲的办公室。他们希望找到关于"西方间谍"怀特大夫的更多材料。他们当然什么也没有找到。但是,那一年的秋天,我父亲作为"怀特大夫间谍案"的同案人被判处了十年徒刑。

这十年的囚禁生活是我父亲的"天堂",因为他从此就完全"觉醒"了。这觉醒使他获得了内心的宁静和自由。从这时候开始,我父亲通过记忆不断走近孤独的怀特大夫。他开始理解了他的许多细微的动作和情绪。他已经不再用他在黄河西岸第一次见到他时的那种天真幼稚的目光去看待他了。通过这种"觉醒"的记忆,怀特大夫在去世四十年之后与我父亲成了最亲密的朋友。这种跨越生死的友谊伴随我父亲走完了他人生之旅的最后那一段路程。

附 录

"专门利人"的孤独

(本文最初发表于《随笔》杂志,后被收入《文学中国》等选本。它为《通往天堂的最后一段路程》提供了理想的背景材料。我决定将它收录在本书中,并对它进行了重写。)

一九三九年三月四日清晨六点,在连续工作了十一个小时,完成了十九个手术之后,白求恩在土炕上躺下了……但是,他不想错过了这个特殊的日子。他要在这个特殊的日子留下自己生命的痕迹。睡过了整个白天之后,白求恩坐了起来。他借着油灯的微光,用这个特殊的日子还剩下的最后一点时间给加拿大共产党的领导写下了一封讨论抗日游击战战术的长信。这是他一九三九年写下的最长的信件。进入一九三九年(也就是他进入中国的第二年),白求恩信件的数量急剧下降,长度也明显缩短。这无疑是他身心憔悴的症状。不过他自己似乎并没有意识到这一点。在这封长信的最后,他的情绪仍然相当积极:"除了想听到你们的消息以外,我非常高兴和满足。"他这样写道。

而在这之前的一段,白求恩的情绪也相当阳光。"今天是我四十九岁的生日。"他这样告诉他生活在地球另一侧的战友。他当然知道这已经是他在中国度过的第二个生日。他的第一个"中国"生日是在从汉口到西安的途中度过的。他在当时的一封长信中简略地提到那漫长旅途之中的特殊日子:"我的生日——四十八——去年在马德里。"那时候,他高尚和纯粹的生活即将开始,而他似乎还没有完全从一年前的西班牙阴影中挣脱出来。那简略的句子显然带着隐隐的伤感甚至伤痛。而这第二个"中国"生日给白求恩带来的却是不同的情绪。他自豪地称自己是"前线最老的士兵"。这自豪就是他对这个特殊日子的反应。这充满革命激情的自豪暴露了已经进入"知天命"之年的白求恩对天命的无知:他不知道这第二个"中国"生日是他生命之中最后的生日,就像他不知道"一九三九年"将永远铭刻在他的墓碑上,成为他生命的极限。

但是,长信最后的"除了"应该引起读者的警觉,因为它与这封信最开始的情绪相吻合。在这里,"想听到你们的消息"已经不再是平庸的客套,而是令白求恩彻底绝望的奢望。这封写于最后一个生日的长信最开始就像是一封投诉信,它又在重复白求恩对自己极度封闭的"现状"的不满,对信息极不对称的不满。进入中国之后,白求恩平均不到一个月就向加拿大共产党寄出一份工作汇报。他声称在过去十四个月之内他一共给组织寄出了二十封长信。但是,他却从来没有收到过组织的一封回信,而其他个人的信件也少得令他不堪忍受。这位一年前"不远万里来到中国"的战士这时候终于对距离和时间有了切身的体会:他说他"最近的"一封信是一月十四日(也就是一个半月以前)收到的,而这封信从美国寄出的日期是前一年的九月二十日,也就是说,它在路上行走了将近四个月的时间。白求恩对邮路的曲折也充满了抱怨。他抱怨说一封来自北美的信件要经过香港转道延安最后才能抵达他所在的晋察冀边区。他估计他只收到了应该收到的十分之一的信件,他估计邮路的曲折导致了大量信件的丢失。五个月之后,在写给"加拿大同志"的最后一封信件中,白求恩又更加消极地修正了他的数据:他声称他的信件在到达中国之后还要"至少五个月"才能够到达他的手上,同时他估计他只收到了应该收到的二十五分之一的信件。对时间和数量的这种重新估计标志着白求恩对"现状"不满程度的升级。

在最后那一封寄往加拿大的信件中,白求恩抱怨自己的处境甚至不如一个北极的探险者:"他至少还有收音机,而我却一无所有。"这时候,距离白求恩进入中国的日子已经二十个月了,而他却只收到过最初资助他来到中国的民间组织"中国援助会"(China Aid Council)的三封信,其中最近的一封就是他五个多月前在最后的生日那天写下的长信中提到的"最近的"那一封(也就是"七个月前"的那一封)。他抱怨说,自己的组织"完全"忽视了自己派往前线的代表。套用《百年孤独》的作者最得意的作品题目,一九三九年的白求恩可以被称为是一个"没有人给他写信的老兵"。他不仅收不到国"外"组织的回复,他也很难收到国"内"组织的回复。在《纪念白求恩》的最后一段,毛泽东就提到白求恩给他写过"许多信",而他却"因为忙,仅回过他一封信,还不知他收到了没有"。这位孤独的"老兵"后来终于不再给毛泽东本人写信了。这可以看成是他在中国生活中的一个重要的转折点。在一九三九年八月一日那天写给加拿大共产党的工作汇报中,他的抱怨甚至带上了控诉的腔调:"在过去的十二个月里,我给延安的组织(Trustee Committee)如此频繁地写信,却从来得不到他们的回信,我已经厌倦再给他们写信了。"

多伦多大学出版社一九九八年出版的《激情的政治》一书第

一次完整地公布了勤于写作的白求恩青年时代以来留下的许多文字,这其中包括他的医学论文,他的文学创作(诗歌、小说和剧作)以及他的大量书信。他的一些代表性的摄影和美术作品也穿插于其中。这部编辑水平精湛的历史文献将白求恩的一生划分为"冒险家"(青年)时期、"社会活动家"(蒙特利尔)时期、"信仰转变者"时期、"反法西斯战士"(西班牙)时期、"宣传鼓动家"时期以及作为"反帝战士"(一九三八年)和"烈士"(一九三九年)的两个中国时期。白求恩的写作为这种划分的合理性提供了第一手的物证。收集在其中的最早一封信是白求恩一九一一年十一月十二日从安大略省北部的一个林场寄出的(当时白求恩中断在多伦多大学医学院的学习将自己在那个林场"下放劳动"一年),而最后的一封信写于河北省西部的一座小村庄,写于一九三九年十一月十一日,他离开人世的前一天。

身为历史学家的文献编者为每一段历史时期都写下了一篇内容详实的导言,而在每一份材料的前面,他又进一步给出了更为具体的解说。这种结构使得整部文献读起来就像是一部脉络清晰的"自传"。在文献的总序中,编者简单地回顾了白求恩在自己的英文传记中的命运。出版于一九五二年的第一部英文传记将白求恩神化为自我牺牲的"圣人"(传记中国部分的材料完全是一九四八年出版的同样神化白求恩的中文传记的翻版）。而一九七三年出版的第二部英文传记将白求恩贬低为自我毁灭的"罪人"。这两部传记显然都带有过浓的"主观"色彩。一九七七年，第二部英文传记的作者出版了另一部白求恩传记。这部新的传记立足于大量的历史文献（包括白求恩自己的文字），试图客观地反映了白求恩与众不同的"心理"状况，比前两种传记高出了许多。但是与《激情的政治》相比，它仍然不够丰满，不够"客观"。带有"自传"色彩的《激情的政治》的学术价值远高于其他那些传记，它主要让传主自己的文字和作品来说话，让传主本人的理智与情感来说话。那原创的声音显然更能吸引读者的阅读和倾听，更能诱发读者的好奇和怀疑，更能让读者想得更多，想得更深，想得更远……

一九二六年秋天，三十六岁的白求恩被诊断患上了肺结核。这当时的"绝症"带来了他一生中生理和心理的第一个低谷。他在死神的眼前徘徊了一年多的时间。他的第一任妻子（后来她又成为了他的第二任妻子。关于他们的关系可参阅我的短文《第二次分手》）在他最需要安慰的时候离他而去，令白求恩对死亡有了更深的体会和恐惧。白求恩最后通过他自己发明的激进疗法将自己带出了绝境。但是，他已经不再是原来的那个"冒险家"了。与死神共舞的经历导致了白求恩"信仰的转变",他开始向往"专门利人"的生活。在一九二九年一月五日那天写给前妻的信中,他声称自己已经变成了"一个不同的灵魂"。

　　而白求恩一生中政治的低谷出现在他的"西班牙时期"。他于一九三六年十一月三日到达马德里,投身于西班牙的反法西斯事业。可是,在第二年的四月十九日(也就是还不到半年的时候),他就"被迫"向组织递交了辞职报告,辞去了加拿大医疗小组(流动血站)负责人的职务。围绕他的"滑铁卢"有不同的说法。但是,所有的说法都不会漏掉那个金发碧眼的瑞典女郎。她是白求恩完整意义上的"女秘书"(白求恩的第一位英文传记作者是他当时的同事,他曾经两次撞见过白求恩与女秘书在工作时间和工作场所享受生活的场面)。西班牙当局对前来支持共和事业的国际主义战士们的私生活并没有兴趣,他们感兴趣的那个神秘瑞典女郎的真实身份。他们一直怀疑她是法西斯派来的间谍。他们进而对她的名义上的上司也产生了很重的疑心。《激情的政治》的"附录一"是一份从九十年代开禁的莫斯科档案馆获得的重要材料。在这份西班牙当局写给共产国际的报告中,女秘书的行踪极为可疑:她频繁地前往前线,"有时候甚至在深夜"。她收集的地图"类似军用地图"……而作为报告的重点是白求恩本人,他被描述为业务差劲,道德败坏,行为可疑的外国人。他的行踪似乎比他女秘书的行踪更加可疑:他总是在做"很详细的笔记",记下桥梁和交叉路口的位置以及战略要地之间的距离以及行进的时间……报告还提到白求恩最近一次从巴黎出差回来,带回的不是医疗器械,而是一架摄影机和一个摄影师;报告还提到白求恩拍摄的大量照片的底片都"下落不明";报告还提到白求恩负责的医疗小组在马德里的住所原来是智利大使馆的物业,而当他与同志们"破门而入"之后,里面的两口箱子被他们撬开,箱子里面的珠宝和文件都不知去向。

被从西班牙召回加拿大之后,白求恩又一次陷入了生命的低谷。他需要用新的政治振奋精神。他需要新的狂热来拯救生命。这时候,斯诺的《西行漫记》和史沫特莱的《长征》将他的注意力引向了世界上一个陌生的角落。他被压抑的灵魂再一次亢奋起来。他马上就开始行动,在美国和加拿大为自己新的出征寻找到了经济和政治上的支持。从一九三七年底他写给一个无关紧要的女友的"绝情"书中可以清楚地看出他的准备工作进展得非常顺利。"我前面的路是陌生和危险的。"这是他提出的与女友分手的理由。他不可能接受"安居乐业"的平庸生活,他只可能孤独地走上"陌生和危险的"革命道路。一九三八年一月八日,踌躇满志的白求恩在温哥华登上著名的"亚洲女王"号,开始了他生命之中最后也是最辉煌的旅程。当天,他从船上给对他的一生至关重要的女友(在情书和情诗中,他昵称她为"小种马")寄出了一封这样的短信:"你知道,我的小种马,为什么我必须去中国……现在,我感觉很快乐。这是我离开西班牙之后最快乐的时刻。"他将"必须"加上了着重号也许暗示着他不远万里的征程与他个人痛苦的感情生活有某种神秘的联系。

将白求恩生命中的中国时期分为不同的两章是《激情的政治》试图传递的一个重要信息。白求恩于一九三八年一月底进入中国,于一九三九年十一月中离开人世,他在中国的"两年时间"长度相等,都只有十一个月。但是,从保留下来的文献很容易看出,这长度相等的两年之中的白求恩是两个"不同的"人。首先从写作的数量上看,一九三八年的白求恩留下了大量的文字,在文献中所占的篇幅长达一百二十七页,而一九三九年的白求恩只留下了少量的文字,在文献中只占有二十七页;其次从写作的范围上看,除了每月分别给毛泽东和加拿大共产党写工作汇报以及给世界各地的朋友们写信之外,一九三八年的白求恩还为"发表"而写作。他为西方的报纸写了一些专题报道来宣传延安和宣传抗日,他甚至还写下了一篇关于敌后武工队(取材于真实生活)的小说和一篇讨论侵略战争本性的政治随笔,而一九三九年的白求恩不仅"已经厌倦"了给延安的组织和毛泽东本人写信,他对在西方报纸上的发表也没有什么兴趣了;最后从写作者的情绪上看,一九三八年的白求恩热情洋溢,情绪乐观(尽管在到达前线之后,他对中国的椅子不好坐、北美的资助不到位以及自己的信件被组织拆看和处理等等偶尔也发出一些不满),而一九三九年的白求恩牢骚满腹、怨声载道,情绪反复无常。

那篇宣传延安抗大的长文可以看成是一九三八年的白求恩的代表作。长文应该写作于三月三十一日到五月二日,也就是白求恩在延安停留期间。它于八月二日在加拿大见报。"这是关于世界上最独特的大学的故事",长文的第一句话就用形容词的最高级给抗大做了吸引读者的定位。而"世界上最独特的大学"所在的地点被白求恩称为是"未来中国的缩影"。毫无疑问,他的长文不仅要宣传抗大,更重要的是还要宣传延安,宣传照耀着中国的"红星"。他用充满激情的语气写道:"延安是未来中国的缩影,它年轻、热情、勇敢、快乐。"

"年轻、热情、勇敢、快乐"也正是"世界上最独特的大学"的学生们的面貌。他们来自中国社会的各个角落。他们给刚到延安的白求恩留下了极深的印象。"这些年轻人将是他们祖国的救星。"他在文章中不断展开他关于"未来中国"的预言和隐喻。

对女性极有兴趣又极有经验的白求恩没有忘记用专门的段落去谈论这"世界上最独特的大学"里最迷人的风景。那些年轻的女学生让白求恩大开眼界:他赞叹她们"许多都非常漂亮,全部都非常聪明"。他对这些女大学生们毕业之后的去向更是充满了敬意:她们将去前线发动群众,或者去敌后组织武工队……相比之下,那些与她们年纪相仿的北美女子让白求恩感觉极为平庸,因为她们整天想到的只是"约会、跳舞和电影"。

紧接着的两个自然段也许会令中国读者更有兴趣,因为白求恩在这里谈起了这些女性学生中最典型的一个:那个"来自上海的著名电影演员"。白求恩这样写道:"几个月以前,这个女子还是无数人的宠物,过着奢侈的生活……现在,她与其他学生同吃小米和胡萝卜,与其他八个女子同住一个窑洞,同睡一张硬炕……没有口红,没有脂粉,没有香水。……她像其他所有学生一样,一个月只有一元钱的生活费,用来买肥皂和牙膏。"面对这种从"奢侈的生活"到革命的生活之间的激进转变,白求恩提出的问题自然又时髦:"她幸福吗?"是啊,她幸福吗?每个认真的读者或许都会要这样自问。但是,白求恩没有给读者留任何思考的时间,他急不可耐地给出了自己的回答。他说她"一定"非常幸福,因为她看上去就像是"一只活泼淘气的小松鼠"。

这两段文字也许是"世界上最独特的大学"培养的将对"未来中国"最具破坏性的学生在西方媒体上最早的亮相。这是"幸福"的亮相。这是革命的亮相。这是符合样板戏标准的亮相。白求恩关于女性的文字又一次为"未来中国"埋下了伏笔。

就像他谈到的那只"活泼淘气的小松鼠"一样,白求恩本人在一九三八年的冬天到来之前,也显然是非常幸福。但是,进入一九三八年的冬天,白求恩的情绪发生了很大的变化。那种与世隔绝的感觉不断加重,最后终于令他难以承受。一九三八年十二月八日,他给留在延安工作的马海德写了一封情绪激动的信。这是这座加拿大火山在中国的第一次喷发:"我已经习惯了得不到你的消息。天啊,我不得不习惯。又是两个月过去了,没有任何回信。……延安来的医疗队十一月二十五日抵达这里,但是却没有带来你的信。我一直在盼望着这支医疗队能够给我带来一些书籍、杂志和报纸,以及一封你的信,告诉我外界发生了什么事情的信。但是,他们带来的只是一台部件不全、无法使用的 X 光机。他们还带来了一听打开了的加拿大香烟、一条巧克力、一听可可粉和一支剃须膏。这些东西不错,但是,我宁愿用它们去交换一张报纸、一本杂志或者一本书。另外,我收到的来自延安的每一样东西都被打开过,包括我的所有信件。一些信件的还有缺页。下次请一定用双层纸包封好所有的物品和信件。中国人的好奇心实在是太强了。"

这是绝望的岩浆。这是孤独的岩浆。"我已经六个多月没有见到过英文的报纸了……我没有收音机。我完全与世隔绝……"白求恩继续纵容自己激情的喷发,"如果不是每天需要工作十八个小时,我肯定会有不满的感觉。"他将超负荷的工作当成了一种心理治疗。他看到了"专门利人"的特殊功效。"专门利人"能够分散他对外界的期盼,能够转移他对孤独的注意,能够让他顶住完全的与世隔绝……总之,"专门利人"也具有"利己"的功效。

这是白求恩在一九三八年留下的最后一封信。这封怨声载道的信给他热情奔放的一九三八年画上了绝望的句号。

进入一九三九年,白求恩"专门利人"的热情并没有减退。在最后那封(写于一九三九年八月十五日)寄往加拿大的信中,他这样总结自己过去一年的工作:"我走了三千一百六十五英里,其中的四百英里是步行……做了七百六十二例手术,检查了一千二百个伤员,重组了部队的医务系统,完成了三本教科书……建立了一所医疗培训学校。"这是令人难以置信的工作强度。更难以置信的是,在那些随时间远去的工作任务之外,白求恩还在时间的隧道中永远地留下了数量如此惊人的文字。

只有从这些文字的神经里我们才能够触摸到他极度的孤独。在写给马海德的那封信中，白求恩"想知道"的还只是一些重大的"事实"："罗斯福还是美国总统吗？谁是现在的英国首相？法国共产党当政了吗？"而在寄往加拿大的最后这一封信里，他的孤独已经扩散到了他的全身，他最细微的感觉之中："我梦想咖啡、烤肉、苹果馅饼和冰激凌。蜃景般的美妙食物！还有书籍……书还在写吗？音乐还在演奏吗？你们还跳舞、喝啤酒和看照片吗？软床上干净的白色床单是什么感觉？女人们是否仍然爱自己被人爱？"他奢望地问道。他绝望地问道。

因为"完全与世隔绝"，白求恩不知道的事情实在是太多了。他不仅完全不知道他远离的祖国的事情，他也不完全知道他为之奋斗的国家的事情。比如他不会知道，当他那篇宣传延安抗大的文章在加拿大的报纸上发表的时候，在文章中出没的那只"活泼淘气的小松鼠"已经搬出了他提到的那个普通的窑洞，搬进了另一个特殊的窑洞。他更不可能知道，这生理学意义上的搬迁具有神秘莫测的政治意义。在差不多三十年之后，这近距离的搬迁足以将"未来中国"带上一段与"幸福"相悖的道路。

对他自愿的事业和他献身的国家，白求恩始终充满了信心。

但是,他对来自延安和北美的回信已经没有信心了。在事业上,他急需资助。他关于医疗学校的费用和战地医院的开支都有非常明细和理智的计算。但是,他等不到北美的钱,又要不到延安的钱,而他自己又没有钱;在感情上,他已经忍受不了"完全与世隔绝"的状况了。他越来越想家。一九三九年的第一封信(写于一月十日)就带着强烈的忧郁色彩。在信的结尾处,白求恩告诉远在故乡的朋友,他在元旦那一天遭受了"乡愁的袭击"。关于纽约、蒙特利尔和多伦多的记忆向他奔涌而来。"如果不是如此忙碌的话,我会为休假找到足够的理由。"他这样写道。这是一个暗示性的条件句。看得出来,从这时候起,遭受乡愁袭扰的国际主义战士就已经在开始为自己濒临崩溃边缘的身心寻找回旋的余地了。

一九三九年三月四日,白求恩在"完全与世隔绝"的状况下度过了自己一生中最后的那个生日。这时候,"专门利人"的生活方式眼看就要守不住他的心理防线了。他继续顽强地支撑了五个月。终于,他能再找"如此忙碌"之类的借口了。在八月一日的那封信中,在明确表示"已经厌倦"了给延安写信之后,白求恩提出了自己解决问题的方案:"我必须暂时离开这里……"他这样写道。他需要"回家"。一方面,他需要去"家"里为他远在中国的战地医院和医疗学校寻找财物和人力的援助；另一方面，他需要去"家"里品味"蜃景般的美妙食物"以及"软床上干净的白色床单"，当然也许还要寻找"女人们是否仍然爱自己被人爱？"的答案。

两个星期后的八月十五日那天，白求恩一共写了两封信。在第一封信里，他向加拿大共产党的领导人报告了自己"回家"的行程："我计划十一月间离开这里……步行去延安。这大概有五百英里，需要用六个星期的时间。我将从那里去重庆，然后经云南……在一月份抵达香港。然后从那里乘船到夏威夷……大概在一九四零年二月份抵达旧金山。我想在加拿大停留三四个月，收集较多的资金和器械甚至人员……然后在夏天回到这里。"这"回家"的计划显然重新点燃了白求恩几乎被孤独窒息的激情。在当天写下的第二封信（也就是寄往加拿大的最后那封信）里，白求恩也向友人激动地报告了自己"回家"的计划。

第二天，借着这高涨的情绪，白求恩给延安的组织写了一封语气强硬的短信。这封短信可以看成是他向组织递交的正式假条。因为"不能从组织和北美得到任何的信息，"白求恩写道，"我只好亲自去寻找。"在这强硬的语气之后，他又补充了其他的个人理由。他说他的牙齿和眼睛的状况都很糟糕，而且还有一边的耳朵已经"完全失聪"三个月了。这些理由说明白求恩的离开不仅仅是为了"出差",还是为了"休整"。他向中国的组织做出了他在给加拿大共产党的信中同样的保证,他保证会在第二年的夏天"回到这里"。

紧接在这假条之后的是收集在文献中的最后一封信。这封写给他的翻译的短信写于一九三九年十一月十一日。白求恩在短信中谈到了他伤口感染前后的经过。他说他继续留在前线已经没有什么意义了。在被送回驻地的路上,他"在担架上吐了整整一天。高烧四十度以上……不能入睡,精神亢奋……所有的药物都没有用了。"他又一次来到了死神的跟前。他似乎有许多话想说,但是却没有力气说了。"我期待着明天将会看到你。"这个"完全与世隔绝"的人在短信的最后给他身边的世界里唯一懂得他的语言的人写下自己最后的期待。

他在他期待着的"明天"带着他疲惫的身体和孤独的心灵跨入了死亡之门。这个从来都在"放眼世界"的战士曾经于一九一四年九月第二次中断他在多伦多大学医学院的学习,去欧洲参与了第一次世界大战。他在中心战场上做负责运送伤员的担架员并且最后自己也成了伤员。可是,当他从中国河北省西部的那座小村庄跨入死亡之门的时候,他甚至不知道第二次世界大战已经于两个月之前在欧洲爆发的史实。世界在他远去之前已经离他远去了。他没有等到他一直在等待着的信件。他没有读到他一直想读到的报纸。他没有能够重新品尝到纯正的咖啡、地道的烤肉以及精美无比的女人。他是被"囚禁"的普罗米修斯,他被囚禁在"完全与世隔绝"的孤独之中。

但是,死亡解放了他。死亡也升华了他。在离开世界四十天之后,白求恩通过一篇很短的文章重新回到了与他完全隔绝的世界上。而在离开世界几乎三十年之后,白求恩拥有了更加显赫的历史地位:他成了他献身的国家的偶像,他成了他出生的国家的传奇。

性情复杂又多才多艺的白求恩(他精于摄影和绘画、擅长医疗器械的设计和改进,他还创作小说和戏剧等等)为这显赫的历史地位付出的代价是他变成了一个"单面的人":他生命的细节已经不重要了(比如《纪念白求恩》的第一句话称他已经"五十多岁了",事实上他"不远万里来到中国"的时候还不满四十八岁);他生命的孤独也已经不重要了(比如谁也不会在意他是否收到过《纪念白求恩》的作者的那封仅有的"回信")。重要的是他的"高尚"和"纯粹",是他的"毫不利己专门利人"。或者说,重要的是我们用我们的方式对他的"纪念",而不是我们从更深刻的角度对他的"理解"。

而白求恩自己留下的文字能够帮助我们去"理解"很难理解的白求恩。这些文字能够将读者带离他意外收获的虚荣,带进他永远躁动不安的生命。这些文字能够让读者穿过时间的烟尘和历史的迷雾去惊叹一个伟大生命不同凡响的孤独和不可思议的激情。

"重写的革命"

重写完"战争"系列小说之后,我将其中的《首战告捷》等三篇与"革命"密切相关的作品传给了小说家瓦当,他有意在一本将由他主编的新杂志上刊用。两天之后,我在邮件里好奇地询问,这一组作品将会被冠以怎样的标题。小说家的回复充满了智慧和自信。他说他为它们选定的标题是"重写的革命"。

还有比这更切题的标题吗?"革命"是决定中国历史的关键字,也是我这一组作品的共同主题。这个共同主题将我的写作一次次带进了"个人与历史的关系",一次次触到了生存的荒诞和生命的硬伤。这些作品因此成为了一种对"革命"的重写;而"重写"本身也是一场革命:革写作之命以及革写作者本人之命。

它起因于我个人与语言的复杂关系,或者说起因于我对语言的苛求以及语言对我的苛求。它是我充满艰难险阻的文学探索过程中的必经之路。"重写的革命"这样一个双关的标题锁定了上面的这些意思。好!很好!

现在,我就以《首战告捷》为本,举两个"重写"的实例,看看这场不用流血的"革命"到底是怎样进行的,又到底有没有意义。

小说原来是这样开始的:

"现在我终于在回家的路上了。"将军兴奋地说着,指示吉普车转入一条狭窄的土路。

我首先看到了这句话最后面的问题。吉普车即将转入的是一条"土路",这岂不是暗示着吉普车现在所行驶的不是"土路"?!这暗示显然与故事发生的时代(解放初期)相矛盾。我被这矛盾激怒,首先愤然删除了"土"字。但是,重读经过这"土"改的句子,我发现它的意象少了,韵味没了,节奏乱了……一句话,我的"土"改虽然淡化了原来的矛盾,却带来了更多的问题。进一步的斟酌让我认识到自己的重写出现了方法上的错误:我应该"辨证论治",而不是"脚痛医脚"。也就是说,重写的革命也应该运用中医的武器!这时候,我的注意力集中到了"土路"前面的形容词上。我意识到它可能是唯一的突破口。通过对这个形容词的重写,吉普车转向前后路况的矛盾最终获得了妥善的解决。

接着,我注意到这句话的最前面也有问题。吉普车即将改变方向意味着将军离"家"已经很近,为什么他只说自己是"在回家的路上了"呢?这有可能是他刚离开北京或者仍然走在半路上的时候说过的话。而现在,将军已经"兴奋"起来。他兴奋的理由当然是"回家"的梦想即将转化为"到家"的现实。

再细读原句,我还注意到了另一个隐藏得很深的问题:吉普车是被动的,不能自行转入下一条道路。这隐藏的问题其实是一个隐藏的机会。这是为叙述者的提前出场留下的机会。

经过这"重写的革命",小说的开始变成了现在这个样子:

"终于到家了!"将军兴奋地说着,指示我将吉普车转入一条更窄的土路。

《首战告捷》是一篇关于父子关系的作品。小说题目中的"首战"特指将军摆脱父亲的阻挠,投身到革命队伍之中的反叛。"首战告捷"为将军历经百战的一生奠定了基础,也为他最后的分崩离析埋下了伏笔。

下面就让我们从另一个"重写"的实例,看小说是怎样更成熟地切入了"父子关系"的主题。

小说的叙述者告诉我们,一直到革命胜利的那一天,经常谈论母亲的将军才第一次谈起了自己的父亲。当时,将军与叙述者一起从最后一役的战场上走过。叙述者吃惊地注意到,来之不易的胜利居然让将军充满了惶惑。将军表情严峻地在一具敌方年轻军官的尸体边蹲下,并且发出了同情死者的感叹。在原来的版本里,将军感叹说:"这是一个英俊的人。"这感叹将死亡与美连在一起,我当年自以为是"大手笔"。但是,重写的革命让我意识到它不过是"小聪明"。这"小聪明"贻误了叙述过程中的又一次大好机会:一次渲染父子关系的大好机会。是重写的革命使这大好机会失而复得。在现在的版本里,将军对夭折的感悟深化和升华了。他透过"美"的表象看到了"恶"的本质。他感叹说:"这是一个永远失去了父亲的儿子。"这忧伤的发现不仅直指父子关系,紧扣主题,而且合理地引发了将军对一直讳莫如深的父亲的第一阵回忆,让叙述的方向变得极为明确,极为清晰。

从以上这两个实例,我们对"重写的革命"应该已经有了初步的认识。我相信,这种初步的认识会激起我的新旧读者对眼前这本书进一步的兴趣。如果你从来没有读过这些"战争"小说,你当然应该拥有这本书,因为你的阅读将见证重写的"革命";而如果你已经读过这些"战争"小说,你同样应该拥有这本书,因为你的阅读将见证"重写"的革命。

图书在版编目(CIP)数据

首战告捷/薛忆沩著. —上海:华东师范大学出版社,2013.7
ISBN 978-7-5675-1054-8

Ⅰ.①首… Ⅱ.①薛… Ⅲ.①短篇小说-中国-当代 Ⅳ.①I247.5

中国版本图书馆 CIP 数据核字(2013)第 171371 号

"战争"系列小说
首战告捷

著　　者	薛忆沩
策　　划	王　焰
责任编辑	金　勇
责任校对	邱红穗
装帧设计	卢晓红
出版发行	华东师范大学出版社
社　　址	上海市中山北路3663号　邮编 200062
网　　址	www.ecnupress.com.cn
电　　话	021-60821666　行政传真 021-62572105
客服电话	021-62865537　门市(邮购)电话 021-62869887
地　　址	上海市中山北路3663号华东师范大学校内先锋路口
网　　店	http://hdsdcbs.tmall.com
印　刷　者	上海中华商务联合印刷有限公司
开　　本	787×1092　32开
印　　张	6.75
字　　数	114千字
版　　次	2013年10月第1版
印　　次	2013年10月第1次
书　　号	ISBN 978-7-5675-1054-8/I·1009
定　　价	29.80元
出　版　人	朱杰人

(如发现本版图书有印订质量问题,请寄回本社客服中心调换或电话 021-62865537 联系)